持續狩獵史萊姆三百年，不知不覺就練到 LV MAX 12

亞梓莎・埃札瓦（相澤梓）

本作的女主角，以「高原魔女」的稱號廣為人知。是個轉生成長生不老的魔女，外貌永遠維持十七歲的女孩子（？）。雖說在不知不覺間成為世界最強，導致她遭遇許多麻煩事，卻也因此擁有多位家人，從此過上幸福的生活。

恆心就是力量，成功的唯一途徑就是持之以恆！

日安，姊姊大人，就讓我們以拳頭來溝通吧！

萊卡

拜亞梓莎為師的女紅龍。是個一心想成為世界最強，每天總是按部就班努力向上的好女孩，很適合穿哥德蘿莉裝跟女僕裝等蕾絲邊偏多的服裝（本人會感到很害臊）。也是本書收錄之外傳〈紅龍女子學院〉的女主角。

法露法＆夏露夏

由史萊姆的靈魂凝聚而成的妖精姊妹。身為長姊的法露法是個性情坦率且不做作的女孩子。
身為妹妹的夏露夏則是心思細膩又善解人意的女孩子。
她們都最喜歡自己的母親亞梓莎。

媽媽～媽媽～！最喜歡媽媽了！
……即使身體再重，也要讓心情保持輕鬆。

那麼，今天要吃什麼才好呢♪

哈爾卡拉

拜亞梓莎為師的女精靈。
儘管活用自己對香菇的知識成立公司，是個不折不扣的社長大人，但在高原之家裡經常「搞砸事情」，是家中的小天兵。

別西卜

被稱為蒼蠅王的高等魔族，是魔族的農業大臣。將法露法和夏露夏視為自己的姪女般十分疼愛，經常往來於魔界與高原之家兩地。
對亞梓莎來說是個可靠的「大姊姊」。

小女子名叫別西卜！
是魔族國度的農業大臣!!

芙拉托緹

臣服於亞梓莎的女藍龍。因為與紅龍萊卡同為龍族，所以經常和她較勁，但本性上是個樂觀又有朝氣的女孩子。化成人形時不同於萊卡，依然會保留尾巴。

才不想與紅龍當閨密呢！

我會永遠追隨亞姊的！

羅莎莉

住在高原之家的幽靈少女。對於不會害怕身為幽靈的自己，甚至願意伸出援手的亞梓莎是敬愛有加。可以穿牆且無法觸摸人類，另外能附在活人身上。

桑朵菈

因培育了三百年而能夠自主行動的女曼德拉草。是一株不折不扣的植物，住在高原之家的家庭菜園裡。儘管喜歡逞強又愛面子，卻又有著怕寂寞的一面。

我就只是生在院子裡而已！吼吼～！

穆穆・穆穆

簡稱穆，身為惡靈之國「死者王國」的國王，也是早已毀滅的古代文明之王。對於缺乏幽默感的子民們（惡靈）感到失望而足不出戶，在與亞梓莎和羅莎莉接觸後終於重返社會（？）。有著喜歡吐槽他人的關西人個性。

只要夠有趣就行，有趣的人才是世界最強。

陛下您這樣畏畏縮縮，可是有失王者風範喔。

娜娜・娜娜

身為「死者王國」的女僕長兼惡靈大臣，以隨從之姿照顧穆的生活起居。儘管工作認真又優秀，卻很毒舌，喜歡捉弄人。一旦發現穆跟亞梓莎排斥的事情或弱點，就會千方百計來捉弄兩人。

裘雅莉娜

身為流浪畫家的水母妖精，像個漂於水中的水母般漫無目的地旅居世界各地。作品的特色是主題都偏向陰鬱且沉重，擅長殘酷又灰暗的畫風，在魔族和少部分品味獨到的收藏家之間是大獲好評。

由於水母是透明的，因此見識過無數醜陋的事物。

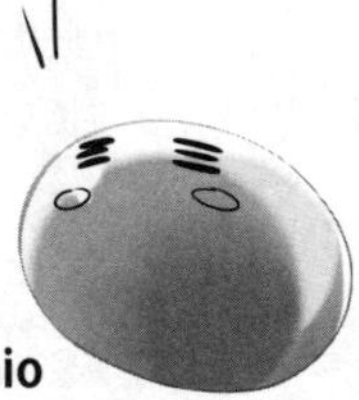

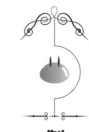

製作龍族專用的蓋飯

這天，我來到王國南部採集能當成藥材的植物。

藥材採集得算是相當順利——

「唔～……全身都是汗，好累喔……」

芙拉托緹似乎已經累壞了，她的尾巴相較於往常垂得更低。

「芙拉托緹，妳沒問題吧……？雖然妳看起來是很有問題。」

芙拉托緹情緒低落到這種地步可說是實屬罕見。

「亞梓莎大人請不必在意，這全是芙拉托緹自作自受。誰叫她堅持要跟來這麼炎熱的地方。」

走在我身旁的萊卡，以傻眼的語氣如此說著。

儘管她嘴上說得那麼絕情，但在我們出發之前——

She continued destroy slime for 300 years

「這次可是要前往南方國度，妳不適合跟來啦。相信妳到時沒多久就會喊累，沒必要這樣逞強的。」（萊卡）

「安啦，反正人家今天很閒，所以也要一起去！」（芙拉托緹）

——因為曾這樣苦口婆心地好言相勸，也難怪萊卡會擺出這種態度。

「芙拉托緹，要是妳當真累壞的話，是可以稍微休息一下喔？」

總覺得她就像是吵著想跟爸媽一起去工作地點，結果一抵達目的地就抱怨很無聊的任性孩子。

不過法露法和夏露夏是無論到哪都充滿好奇，對旅行不感興趣的桑朵菈則是不會想出遠門，因此我幾乎不曾碰過這種狀況。

「主人，人家並不覺得累。畢竟藍龍都很強大，這點熱度算不上什麼，無論是火炎妖精或太陽都儘管放馬過來！」

「若是太陽當真找上門來，妳會沒命的。」

芙拉托緹每次一有人關心就會逞強，老實說挺難搞的。不過看她確實還有體力，況且她的身體也並非由冰組成的。

「可是……這裡的空氣非常潮溼，外加上出汗的關係，讓人很不舒服……」

啊～原來如此。

「有一種持續遭受攻擊的不適感……」

「我能明白妳想表達的意思……其實我也一樣滿身是汗……」

這種溼度與日本的夏季十分相似。倘若空氣乾爽，稍微躲到樹蔭下很快就能讓身體散熱，不過溼氣太重的酷暑就讓人無處可躲了。

以這點來說，幸好高原之家位於高原上，夏季期間都十分涼爽。

由於在高原住了三百年的緣故，令我把那種舒適的環境視為理所當然，因此來到這片南方地區後，讓人深刻體認到高原的可貴之處。

「妳真沒用，芙拉托緹，簡直太缺乏耐力了。就算是身為怕熱的種族，好歹也該稍微懂得忍耐——」

「主人，先來吃午餐吧！相信在吃飽後，暑意也會盡數消散的！」

「透過食補塑造出不怕熱的身體確實也很重要。亞梓莎大人，眼下還是先找個地方用餐吧。」

關於開飯的議題，兩位龍族是達成共識了！

雖然她們都有著女孩子的外表，食慾卻比運動社團的男學生更加旺盛。想想龍族的身體都非常龐大，自然需要充分的食物來維持體力。

「說得也是，我的工作也告一段落了，就找間餐廳用膳吧。」

◇

我們來到位於附近的城鎮，走進一間類似飯館的餐廳。

「畢竟我們對這裡的料理不太熟悉，為了避免麻煩，這頁菜單上的餐點全都來一份吧。」

「那本小姐是下一頁的餐點都要一份。」

「妳們的食慾還真好耶……」

與其過度介意體重而選擇減肥，倒不如盡情享用食物還比較好。

負責點餐的服務生露出傻眼的表情。想想一般人對這情況都會感到傻眼吧。

畢竟沒有哪家餐廳是以一頁為單位來點餐的。

「三位客人，請問妳們是在玩沒吃完本店排行第一名至第十名的招牌菜就不得離去的遊戲嗎？」

「請別誤會！單純是她們的食量特別大！」

「原來如此……那個……其實那一頁的餐點全是套餐，都有附米飯跟湯，請問還是要照這樣點餐嗎？」

啊～這部分都會再跟客人確認一次。

另外，這片土地盛產稻米，原則上以米食為主。雖然有些餐廳可以將附餐改成麵包，不過這裡只提供米飯。
不過，我已能猜出接下來的發展了。
「人家都吃得完！就照這樣送上來吧！」
結論果然還是沒變！
就算稍微增加一點碳水化合物，龍族也不會放在心上。
反倒是只有單點配菜的話，主食根本不夠吃。
至於湯可能就不需要那麼多……但她們似乎流了不少汗，當成是補充水分即可。
點完餐後，便耐心等待餐點送上桌來。
附帶一提，我點的是雞肉加米飯快炒而成的料理。照此情形看來，應該是當地的傳統料理。因為之前有來過，所以對這裡的調味取向略知一二。
一段時間後，料理送了上來。
同時又搬來好幾張桌子。
原因是不這麼做的話，根本放不下附加的米飯和湯……
「是大胃王比賽嗎？」其他客人見狀後紛紛說出類似的感想。這句話原則上並沒有說錯。
「好，看人家就此塑造出不怕熱的身體！而且還要變得更強！」
芙拉托緹抛出這段冠冕堂皇的說詞後，開始大快朵頤。

我也慢慢吃著自己點的傳統料理。老實說算不上是多慢，不過相較於芙拉托緹那種飛快的用餐速度，才讓人覺得好像很慢。

說起萊卡的用餐方式是十分優雅，但是每一口的分量都非常多，因此同樣吃得很快。

「這是用海鮮做成的醬汁吧。高原之家很少會出現這類料理，吃起來挺新奇的。這道則是炸魚，魚肉本身很緊實。這道以麵皮包裹的料理也相當美味。雖然湯稍微有一股獨特的酸味，卻有助於開胃。」

「妳們開心享用餐點的模樣，還真是賞心悅目呢。」

儘管目前不缺錢，我卻還是想加快狩獵史萊姆的速度，藉此多收集點魔法石。

另外，芙拉托緹不斷發出咀嚼聲。

老實說大聲到令人有些介意。可是在我的印象中，芙拉托緹平常用餐時並不會發出這麼清楚的咀嚼聲，表示問題出在食物本身，而非她的用餐禮儀。

「嗯~咀嚼，這米飯……咀嚼咀嚼……吃起來……咀嚼……挺有嚼勁的。」

「芙拉托緹，不可以邊吃邊說話喔。」

於是，芙拉托緹將嘴裡的東西吞進肚中。

「這米飯乍看之下粒粒分明，吃進嘴裡卻很有嚼勁，可是又不像麵包那樣會令人感到口渴。」

吃不慣米飯的人應該普遍都會出現這種感想。

話雖如此，這裡的稻米比日本米細長，口感也較為鬆散。因此對於前世身為日本人的我而言，並不覺得特別有嚼勁。

但對芙拉托緹來說，似乎就很有嚼勁。

「想想我們住的地方，米飯倒是不太常見。」

嚴格說來是利用與「食用史萊姆」同時研發出來的「葉片史萊姆」，就是類似柏餅的食物，不過這跟真正使用稻米製作的相差甚遠，就連種類也不一樣。

導致我將大口吃著米飯的記憶忘得一乾二淨。

「畢竟寒帶地區不易種植稻子，因此南方大多以米飯代替麵包來當作主食。」

萊卡在一旁補充說明。

「啊～這麼說也對。」

雖說在日本是就連北海道都有生產稻米，卻是多虧品種改良所賜……假如稻子會說話，或許會害怕地表示「咦？我們能生長在那麼寒冷的地方嗎？」。

可是說起擁有相關知識的萊卡，看似也還吃不慣米飯。

我用湯匙舀起一口飯。

看著湯匙上那用大火快炒過，粒粒分明的飯粒，我猛然想起一件事。

就是前世的自己經常吃白米，而且次數多到記不清了。

是時候在這個世界嘗試製作與米飯有關的料理了。

儘管白米對我來說算是令人懷念的食物——

可是看著大口把米飯吃光的芙拉托緹，以及默默享用餐點的萊卡，我莫名覺得比起麵包，她們兩人似乎更適合吃米飯。

不過單純用米飯取代麵包，給人帶來的衝擊相當有限，甚至有可能會令人無法接受。像我這三百年來都是吃麵包，若要我從麵包和米飯之間挑選，我十之八九會選擇麵包，至於其他家人就更是如此了。

所以，必須研發出唯獨米飯才能夠完成的專屬料理。

「主人，妳已經吃飽了嗎？人家可以幫忙代勞喔。」

「沒那回事，我還吃得下……並非吃飽了才停下來……」

我注視著湯匙裡的米飯，嘗試從中找到靈感。

這時，我注意到參雜於米粒間的雞肉。

「啊！有了！」

閃過腦中的點子隨之成形，等返回高原之家後就立刻實測看看。

「亞梓莎大人，請問妳是想到什麼適合與該料理搭配的餐點嗎？還是需要加點東西？」

「萊卡，我只要這個餐點就足夠了！」

說起龍族，對食物是絕無一絲妥協。

不過看著這樣的萊卡，更是堅定我心中的發想。

「等等去一下販賣白米的商店吧。」

「原來如此，是稻米也能當成藥材嗎？」

「倒也不能這麼說，而是想去那裡挑選食材。」

想想在某些電玩裡是將飯糰設計成可以恢復體力的道具，或許在日本是有把稻米當成類似藥材的存在吧……？當然現在仔細想想，傷患吃下飯糰就能恢復體力是一件頗詭異的事情。

當我吃完自己的餐點時，兩位龍族已在享用餐後水果。

「光是看著這些水果，就讓人覺得好飽了！」

「歡迎三位隨時蒞臨本店。」在我們離開時，服務生笑著說出這句話。

看來他把我們當成上等貴賓了……

到達賣米的商店後，我選購嚼勁適中的品種。

幸好有帶龍族一起來，無論買多少都扛得回去。

由於高原之家附近根本買不到米，因此我稍微買得比較多。

外加上此世界沒有電鍋這種方便的家電，於是多買一個炊飯鍋。接下來就是重複實測來學習如何煮飯。

「主人，妳是想在家裡煮飯來吃嗎？」

「沒錯，我有想嘗試製作的料理。畢竟我們以往的主食就只有麵包吧。該怎麼說呢？總之我想做些適合以米飯為主食的餐點。」

偶爾大口吃飯也挺不錯的。

「意思是今後能同時拿麵包和飯來配菜吃囉，感覺能吃得很痛快！」

「我並不是這個意思！」

她似乎並非當成二選一，而是打算兩者一起吃……

◇

我回到高原之家後，馬上走入廚房著手開發食譜。

與其說是開發，其實成品早已浮現在腦海裡了。

接下來就是利用這個世界的食材，盡可能如實重現該料理。

「唔……這裡的米沒有去除胚芽……將導致米飯不容易吸收醬汁……另外醬汁也算不上好吃。這樣做則是令外表過硬，咀嚼時可能會把嘴巴磨破。還是炊飯的溫度沒拿捏好？」

家人們不時跑來觀察我在做什麼，因為解釋起來過於複雜，所以我只回了一句正在構思新食譜。畢竟這是此世界未曾出現過的料理，光靠口頭解釋實在很難說清楚。

我們家是每天由不同人輪流準備三餐。今日當班的哈爾卡拉這時走進廚房，開始著手洗菜。

「師父大人，好久不曾見妳這麼認真呢～」

「身為一名製藥的魔女，我也覺得似乎有些不妥，不過好像真被妳說中了……」

我確實是頗認真在開發新食譜。

「因為我做的都是沙拉，可說是非常簡單。大不了就是要小心別把毒菇也放進去。」

哈爾卡拉製作的沙拉有時也會加入能生吃的香菇。

「不過妳做的沙拉頗受大家好評，我家女兒們也都吃得津津有味喔。」

法露法和夏露夏都不太愛吃蔬菜，兩名龍族也是半斤八兩。但是以龍族的情況而言，與其說是討厭蔬菜，不如說是難以填飽肚子才想吃肉。

「大概是多虧我特製的沙拉醬喔～為了讓大家能一口接一口地吃下去，我可是在沙拉醬上費了不少苦心呢！」

哈爾卡拉露出得意洋洋的表情。關於如何讓蔬菜更美味的吃法，恐怕沒人比得過精靈吧。

「這樣啊。話說回來，妳是怎麼製作出那種獨門沙拉醬的？」

「既然是獨門，哪有人問得那麼隨便呀!?不過這也沒什麼好隱瞞的，我就告訴妳吧。」

看來這算不上是什麼商業機密，哈爾卡拉隨即向我公開製作方式。

她拿出我們平常都在用的那罐沙拉醬。

「那是我們平時所使用的沙拉醬吧。」

「嗯，就是家家都有的那種。」

這是弗拉塔村裡也有在賣的淡橘色沙拉醬。

哈爾卡拉接著又從櫥櫃裡拿出其他東西。

是個裝滿黑色物體的瓶子。

標籤上寫有「艾爾文」這個商品名稱，以及一名精靈大叔抬起右手打招呼的圖案。

「對於精靈的飲食生活，這個艾爾文醬可說是不可或缺的好夥伴。只要在沙拉醬裡稍微加點這個，就能讓味道一口氣變得更有層次！」

「啊～原來是加了艾爾文醬呀！」

艾爾文醬——這是風味近似於醬油，以豆科植物發酵製成的調味料。聽說也是精靈族獨有的調味料，我也是經由哈爾卡拉的介紹才首次知曉。

……………等一下。

類似醬油的調味料。

有了這個東西，我正在著手研發的食譜不就可以邁進一大步嗎？

「哈爾卡拉！」

我興奮地伸手抓住哈爾卡拉的兩條臂膀。

「師父大人……妳終於願意發展禁忌的家人之戀嗎……？為了妳，要我做什麼都可以！」

這孩子也太容易被推倒了吧……

雖然她似乎有所誤解，但為了省麻煩，我決定不開口吐槽。

「還有其他罐艾爾文醬嗎？」

「啊、嗯……師父大人現在是就連否認都嫌麻煩對吧……我那邊還有三罐沒開過的，可以儘管拿去研發……」

於是，我馬上把艾爾文醬拿來製作成醬汁或沾醬。

相較於之前的失敗，感覺上有一口氣加快研發進度。醬油果然是米飯的好搭檔。

——研發就這麼過了一週。

「完成了。」

我讓米飯料理誕生到這個世上了。

…………雖說魔族那邊算是有類似的食物，但那純粹是基於巧合，所以不算數。

說起魔族的料理，還真是有什麼都不奇怪……諸如類似咖哩的食物，就連像是拉麵的東西都有……

◇

我對著慢跑完走進餐廳的兩名龍族說：

「我有東西想請妳們兩人試吃，不知方便嗎？」

「我馬上來，亞梓莎大人。」

「如果製作上很花時間，人家能在做好前繼續在附近慢跑打發時間。」

萊卡和芙拉托緹都欣然同意。

兩人很開心地在餐廳裡等。

我也同樣已經做好準備，能立刻著手烹調。

「請問是什麼樣的料理呢？亞梓莎大人。」

從餐廳傳來萊卡的提問聲。

「就是以米飯製成的料理。」

「果然沒錯。畢竟最近有看見妳以稻米在研發菜色。」

機靈的萊卡似乎多少看出端倪了。

不過我都在廚房折騰了一個星期，不知道反而才奇怪吧。

「喔，有股好香的氣味！是有使用艾爾文醬吧。另外夾雜著一股類似蛋類料理的香氣。」

反觀芙拉托緹，她靠著野性般的直覺幾乎快猜出是怎樣的料理了……

「因為妳們總是吃得比較多，所以我想做出一道能大口品嘗且很有飽足感的料理。」

「說得也是……畢竟我的食量也很大……那個，我好高興……其實我以前是有比較節制喔……」

萊卡羞澀得雙頰泛紅。

「啊！沒關係的！忍耐反而容易傷身喔！」

說起萊卡的食量為何會增加，其中一個理由是芙拉托緹來到家中，受到她那毫無節制的食量所影響。既然另外一人都能吃那麼多，自己當然也就不會在意吃下同等分量的食物。

以結果來說都是多虧芙拉托緹，萊卡才得以卸下最後的心防。

儘管兩人總愛鬥嘴，對彼此又是很好的催化劑。

那麼，我這邊的烹調過程都非常順利。

由於這個世界的居民都不太喜歡吃半熟蛋，因此蛋花就煮得熟一點。這道料理就快要完成了。真要說來，我也做不出過於費工的料理。

我將剛煮好的白飯添進碗公狀的大碗裡。話說裝在這種碗公裡時，比起稱之為米飯，用「白飯」來稱呼會讓人覺得更貼切。

這飯煮得也很不錯，米粒是粒粒分明。

然後把鍋子裡煮好的雞肉照燒醬汁淋上去。

雖說這裡沒有鴨兒芹，不過最後再放上口味相似的香草就好。

再以斜角將湯匙插進飯裡，完成！

「大功告成！首先是亞梓莎特製的親子蓋飯！」

沒錯，我做的就是親子蓋飯。

對於食量大的人來說，也能從這道料理得到飽足感吧？

我為兩人分別送上一碗親子蓋飯。

她們都開心得雙眼發亮。只要並非不敢吃米飯的人，相信都會喜歡吃才對，而且會大口大口扒進嘴裡。

「這米是挑選較有嚼勁的品種，妳們姑且先嘗嘗——」

我還沒把話說完，兩人都已經開動了。

她們全神貫注地把湯匙舀起的食物送進嘴裡。

心無旁騖地吃著親子蓋飯。

啊、兩人光是吃了一口，甚至還沒有給出「好吃！」這類吃下後的評語，就拚盡全力開吃了……

以某種角度而言，這算是廚師最大的榮幸，不過得稍待片刻才能聽見兩人的感想……

算了，反正單單一碗親子蓋飯肯定無法讓她們吃飽，我早就打算再做另一道料理。乾脆趁現在著手準備吧。

話雖如此，兩者的做法其實頗為相似，這次是將豬肉沾上麵包粉，再拿去高溫油炸。

只要做好豬排，後續的步驟都非常簡單。

當我製作一段時間後，兩人也吃完親子蓋飯了。

「亞梓莎大人，這道料理真美味。感覺我得吃個五碗才會填飽肚子。」

「若是吃上五碗，絕大多數的料理都可以填飽肚子吧……」

兩人像是平常都沒吃飽般，把碗裡的飯吃得一乾二淨。

「主人，吃完後不能把餐具拿起來舔是嗎？」

「嗯！不許舔！那樣太沒規矩了！」

「這種名為米的食物在品嘗時很容易四處亂掉，不過像這樣淋上醬汁後，吃起來就比較沒這類困擾。另外醬汁也會被白飯吸收。」

「沒錯，就是那樣！吸滿醬汁的白飯超好吃的！」

說起蓋飯，單吃淋上醬汁或沾醬的白飯就已經非常可口了。第一個想出這種吃法的人，我認為可以獲頒諾貝爾和平獎呢。

「這種甜甜鹹鹹的口味真的很好吃！害人家情不自禁把碗拿起來舔喔！」

「到頭來妳還是舔了呀！」

話說回來，這樣就能肯定此料理獲得兩人的一致好評，也替我抹去心中的一絲不安。製作新菜色請人品嘗，多少會令人感到緊張。

不光是料理本身是否美味，這次還包含文化上的差異。從小就吃米飯長大的日本人或許不太能理解，可是對於至今皆以麵包為主食的人而言，有些人就無法接受這樣將各種食物通通放在一個碗裡的料理。

「對了，我是有把蛋花煮到熟透，這樣比較能接受嗎？」

「是的……假如沒熟透的話，我可能會吃不慣。」

萊卡一臉內疚地開口回應。她果然屬於不喜歡生食雞蛋的人。

「芙拉托緹呢？」

「人家有時會連同蛋殼直接吃下肚，這種吃法也別有一番風味。」

「妳也太豪邁了吧。」

看來芙拉托緹並不排斥半熟蛋，但終究是第一次品嘗，蛋花還是先煮透好了。

「我正在做第二道料理，妳們稍等一下。」

「無論有多少道，芙拉托緹都吃得下！」

那個，也沒那麼多道喔……

我似乎太低估龍族的食量了。

那麼，這次同樣將熱騰騰的白飯添進碗公裡。

然後把連同照燒醬汁一起煮過的豬排倒上去。

「第二道就叫做炸豬排蓋飯！

如果炸豬排吃起來還酥酥的，可要讚美我一下喔！」

我個人認為這次的炸豬排蓋飯做得很完美，不知評價如何？

兩人同樣把湯匙當成武器似地不停扒飯，完全沉浸在餐點裡。

關於炸豬排的外皮是否酥脆等感想，似乎依舊得等到她們把飯吃完才有辦法回答……算了，光是能看見兩人吃得這麼津津有味，我就十分欣慰了。

我覺得外觀精美，與人開心討論很上鏡的料理也是種醍醐味。不光是用嘴巴品嘗，最好還能得到視覺與嗅覺上的享受。至於那些會影響用餐興致的繁文縟節就可以免了。

不過像這樣聚精會神在食物上的用餐方式，果然會讓人心情愉快。

話說兩人都很認真地吃著炸豬排蓋飯，但在仔細觀察後，會發現萊卡和芙拉托緹的反應是截然不同。

萊卡是不太攪拌醬汁，從頂層的炸豬排慢慢往下吃。

芙拉托緹則是一開始就把醬汁攪拌均勻，讓每一口都能夠吃到照燒醬與炸豬排。

倘若改成吃咖哩飯，她肯定也是會先把咖哩跟飯拌勻再吃的那種人……我小時候同樣會這麼做，不過長大之後就漸漸沒有了……

「芙拉托緹，妳這種吃法很難看喔。」

萊卡似乎看不下去，開口提醒說：

「況且妳那樣通通拌在一起，將會無法感受到食材跟口感的差異。妳要像這樣從上面慢慢舀——」

可是她說到一半就止住話語。

並非芙拉托緹提出反駁，真要說來她是一句話也沒講。

她完全沒有理會萊卡，就只是笑臉盈盈地盡情享用已經攪拌均勻的炸豬排蓋飯。

「龍族的本能告訴人家，這樣吃才最美味！」

啊～……即使算不上美觀，不過任誰看見那個笑容，真的會沒辦法多作批評，也讓人回想起用餐時最基本的原則。

從今以後，我也要製作出這種能讓人完全沉浸在食物中的料理。

「也對，這是屬於妳的用餐方式。」

萊卡把想說的話都嚥了回去，重新專注在自己的餐點上。她的表情也有稍微放鬆點。儘管她沒有模仿芙拉托緹的吃法，但應該多少認同對方的生活方式。

忽然很慶幸自己有做出親子蓋飯和炸豬排蓋飯。

縱使算不上是白飯搭配多種配菜的正宗米食文化，但我果然沒猜錯，蓋飯的吃法很容易被人接受。

此次是拜託兩位龍族來幫忙試吃，不過按照她們的反應，法露法、夏露夏以及哈爾卡拉應該也會滿意才對。畢竟這裡面幾乎沒添加小朋友不喜歡的蔬菜。話說回來，我看還是別放入類似鴨兒芹的香草會比較好吧……？

現場傳來湯匙接觸飯碗的清脆聲響。

兩人同樣把炸豬排蓋飯吃得一乾二淨。

根據她們的反應，似乎也不必再詢問感想了。

「亞梓莎大人，這道料理吃起來很有飽足感。我真是萬萬沒想到，原來米飯料理具有如此無窮的可能性。真不愧是亞梓莎大人，您果然見多識廣。」

「妳過獎了，總覺得挺令人害臊的。」

更何況這不是我原創的，純粹是活用昔日的知識罷了。

「以消夜來說，吃個三碗應該就足夠了。」

「那只會讓人撐到睡不著吧！」

明明我一開始就做成了特大碗，結果還是不夠她們吃……

芙拉托緹則是一臉滿足，摸著肚子望向天花板。

「真美味，而且確實能給人帶來一股飽足感。」

這樣的評語聽似單純，卻能充分感受到芙拉托緹想表達的意思。

如此一來，剛好能增加我日後做給大家吃的菜色。算得上是雙贏的局面吧。

下一刻，兩人同時將視線對準我。

「『請問第三道料理是什麼呢？』」

而且還異口同聲。

這兩道充滿期待的眼神看得我好心虛！因為我還沒有第三道米飯料理的構想！

我得好好反省一下，居然沒為兩位龍族設身處地著想。

等等，目前還有剩下的食材和白飯，就利用這些來扭轉局勢。

「稍等一下，我會設法再做點東西給妳們吃。」

我把家中所有的調味料全搬出來。

然後以各種方式調和。

設法重現出隱約還記在自己腦中的好味道。

「這有點太酸了。這不夠甜。另外好像不夠稠……？」

想想我已經很久沒有以這麼專注的態度站在廚房裡了。

原因是期待我端出第三道料理的客人們，都還坐在餐桌那裡。

片刻後，我終於完成自己理想中的調味醬。

剩下的就非常簡單了。我再次製作炸豬排。

然後把炸好的豬排鋪在白飯上，接著淋上自製調味醬！

最後再放點豌豆仁！

「好！多蜜醬炸豬排蓋飯完成了！」

沒錯，炸豬排蓋飯也同樣是五花八門。
比方說最常見的照燒炸豬排。
再來是在大量高麗菜絲上淋醬油的類型。
以及添加味噌醬的味噌口味。
最後就是搭配多蜜醬的種類！
※雖然有些日本人會將多蜜醬稱為 domi-glace，但普遍來說是叫做 demi-glace。

我把做好的炸豬排蓋飯端到兩人面前。
萊卡和芙拉托緹這次也同樣沉浸在食物的世界裡。
那副專注的模樣，彷彿大魔法師透過結界打造出專為自己設計的獨立空間！
「很好吃吧？酸甜適中的醬汁不僅很下飯，還能夠完美突顯出炸豬排的美味。說起炸豬排這道料理，其變化堪稱是無窮無盡喔。」
由於遲遲等不到品嘗者們的感想，因此我開始自賣自誇。
不出幾分鐘，只剩下兩個空碗放在桌上。
「「太好吃了！」」

兩人這次不只是聲音，就連露出的笑容也同樣燦爛。

「嗯，能聽見妳們這麼說，我的努力也就沒有白費了。」

我擅長的菜色一口氣增加三道。趁著還沒忘記多蜜醬的調和比例之前，趕緊寫入筆記裡。

「第四道是什麼？」

這感覺就像是好不容易打倒最終頭目之後，被人告知其實還有隱藏的最終頭目！

「妳們龍族究竟能吃下多少食物？難不成是無底洞？」

「我們的食量不能算是無底洞，純粹是米飯料理給人一種健康的感覺……」

萊卡略顯不好意思地開口解釋，另外這番話並非在說笑，而是發自內心的感想。

「原來只要以米飯為食材，妳們就會聯想到健康啊……」

「人家能理解萊卡的心情。畢竟這料理是米飯為主，肉沒有那麼多。主人，這裡面的米飯好吃到完全不會輸給肉喔。」

至此，我才驚覺自己有個很嚴重的誤解。

「對龍族來說——能否吃飽完全取決於肉的多寡是嗎……」

不論麵包或白飯，看在龍族眼裡都只是配菜，全都屬於附餐罷了。
「亞梓莎大人，這次可以請妳製作以山豬肉為主的蓋飯嗎？」
「人家也要，另外還想追加以羊肉為主的蓋飯。」
按照她們的講法，米飯就跟牛排裡附加的青菜毫無分別！
怎麼辦……？在日本也不是沒有山豬肉蓋飯或羊肉蓋飯，問題在於我不會做啊！
就連如何消除肉裡的騷味都不清楚！
「今天就先到此為止！」
經此一事，我只深刻感受到若想讓龍族填飽肚子，無論是麵包或白飯都相當困難。

附帶一提，法露法與夏露夏都很愛吃我做的米飯料理——
「可以挑掉多蜜醬炸豬排蓋飯上的豌豆仁嗎～？」
「這個綠色的東西會毀了整體的和諧感，拿掉反而更加完美。」
「意思是妳們不愛吃豌豆仁吧……雖然我是可以理解啦……」
下次還是別添加豌豆仁吧。

參觀猛虎祭

She continued destroy slime for 300 years

今天是特殊節日。

在前世裡，我對特殊節日的印象就只是能夠放假，不過這個世界原則上有將紀念某些聖人的節日由來流傳下來。

話雖如此，由於該名聖人的信仰在這附近一帶並不盛行，因此到頭來也還是只當成可以放假的日子……

說起節日對我家的影響——

主要就是哈爾卡拉。

「真希望假日可以多增加幾天呢～就算上班能給生活帶來刺激，偶爾還是得犒賞一下自己嘛～」

這天，哈爾卡拉起床得比以往都晚。因為她有告知過我們，所以晚一點才去叫醒她。

她目前獨自一人坐在餐桌那裡，我則是在廚房清洗家人們使用完的髒碗盤。

「像這樣懶洋洋地打發時間，莫名有種靈魂得到洗滌的感覺呢～♪」

「這感想老實說有點太誇張了，不過我能理解放假總會令人開心。」

因為哈爾卡拉本身是社長，每天耍大牌遲到也不要緊，但她並沒有這麼做，畢竟她對工作方面是非常認真。

「那麼，我稍微去弗拉塔村散步一下，若有需要什麼可以幫忙買回來。」

「妳的好意就心領了。況且今天因節日放假，我想很多商店都沒開。」

「對了，記得這是跟哪位神明有關，是紀念那個什麼聖人的日子吧。」

這丫頭已把由來忘得一乾二淨了。不過我也是半斤八兩，所以沒資格批評她。

「這世上的聖人似乎滿多的，想想就連神明也存在一大堆嘛。」

「對啊。我們精靈對於人類的信仰並沒有那麼了解，可是嚴格說來，幾乎每天都是某種節日喔。」

這方面的事情應該去請教夏露夏，於是我把她找來。剛好碗盤也全洗好了。

「的確一年之中每一天幾乎都是節日。比如說今天就是全世界都信奉的麥德古瓦聖者逝世的日子，所以才定為節日。外加上這段期間沒什麼假日，於是就讓大家放假了。」

「換言之，只要是受歡迎的聖人，他的紀念日就會放假囉。」

「媽媽的理解方式基本上並沒有錯。」

夏露夏點頭肯定。
「麥德古瓦聖者是修卡基神的聖職者，也會對魔族和動物傳布自己所信之神的教義。但他最終在對老虎傳教時，被老虎吃掉才殉教的。」
「真不知該說是可憐還是個糊塗蛋……」
「麥德古瓦聖者的信仰相當盛行，所以大家在這天外出時都會戴上老虎帽子。」
「總覺得這麼做反而是大不敬……但節日差不多都是這樣。」
當我們交談到一半——
這次是曼德拉草的桑朵菈走了進來。
「老虎真的很帥氣喔，我想參加這個祭典。」
「桑朵菈妳喜歡老虎呀？我還是第一次聽說。」
「因為老虎是會吃掉草食動物的英雄呀。」
這還真是人類不曾有過的感想！
但既然女兒對祭典有興趣，這種時候就會很想實現她的心願。
「夏露夏，這附近有哪裡會舉辦猛虎祭嗎？」
「有啊，在南堤爾州有個名叫維頓的城鎮，麥德古瓦教會在那裡有設點。當地會盛大舉辦猛虎祭。」
喔、意思是可以請萊卡和芙拉托緹帶我們去。

「好～那就大家一起去參加猛虎祭吧！」

「咦？可以嗎？真的可以？」

桑朵菈開心得雙眼發亮。

那當然囉，我怎能不把時間花在女兒的笑容上嘛。

「反正一年之中並非經常會舉辦祭典，既然附近有的話就去看看吧。」

「也對，我想看看草食動物被老虎吃掉的樣子。」

「這種事應該是看不到才對。」

那麼血腥的祭典會令我感到很困擾。

「參觀祭典呀～感覺上是個享受假日的好方法。那我也要一起去——只不過我在家還有一些事情得處理，所以這次就不跟去了。」

哈爾卡拉如此說著。

「記得哈爾卡拉小姐想趁著假日大睡特睡到下午吧？」

「是想趁著太陽還掛於天上的期間一直睡覺對吧？就這麼懶洋洋地度過一天。」

「小夏露跟桑朵菈小姐都說錯了，我指的是更有意義的事情！」

女兒們似乎也覺得哈爾卡拉是個十分懶散的人……

「其實是我想整理寶物。有很多東西都擱置很長一段時間不是嗎？」

「寶物？家裡有那種東西嗎？」

我是有兼差擔任冒險者，不過並沒有從迷宮中找到什麼值得一提的東西才對。

「看來連師父大人也忘了……就是我們幫忙清理仁丹女神的池子時，女神送給我們很多寶物呀。」

經人這麼一提，我終於想起來了。

「對耶，的確有這件事！當時是為了避免孳生蚊蟲，就把池子裡的水全抽乾對吧！」

該處是仁丹女神教的教會總部，因此經常收到信徒捐贈的寶物，數量多到仁丹女神和神殿人員們都處理不完。

於是有一部分就當成清除蚊蟲的獎賞送給我們了。

這情況算是「撿人剩下的東西」嗎？

「那些東西就這麼一直擱置在空房間裡。要是再不分類整理的話，恐怕會繼續擺個好幾年乏人問津喔。」

「說得也是……那就拜託妳囉……」

於是我將前往維頓鎮參加祭典一事告訴其他家人，但四處不見芙拉托提和羅莎莉的身影。法露法便幫忙解惑。

「芙拉托緹小姐見天氣很好，就以全速飛向天去。羅莎莉小姐則表示想跟著一起去。」
「怎麼好像是哪來的飆車族……」
所以最終是萊卡載著我以及三名女兒一同前往維頓鎮。
「若是全速飛行，不出一個小時就能抵達目的地。說起人類徒步前往的話，礙於高原的顛簸，就得花費兩天以上的時間，換作是飛行即可省去這些問題。」
「萊卡真是太可靠了。」
那就把握時間前往維頓鎮，然後早點回來吧。

◇

一如萊卡所說，我們很快就抵達維頓鎮。
以地理位置而言，等於是遠到幾乎相隔一個州，而且此處還位於南堤爾州海拔較低的地點，不過這點路程交給萊卡便無須花費多少時間，前後大約四十分鐘就到了。
當我們來到城鎮中心時——
「好黃！」

這是我的第一印象。

路上行人全都戴著黃色的老虎帽子。而且不是一般的棒球帽，後側長到能蓋住後頸。後側部分似乎是代表老虎的身體。

「看起來好炫呢～！大家全都變成老虎了！還有白虎的帽子耶！」

法露法有著很優秀的觀察力。

細看能發現周圍並非一片黃色，而是參雜著極少數的白色帽子。

「之所以會戴上這種帽子，就是為了悼念被老虎吃掉的麥德古瓦聖者。」

解說就一如往常交給夏露夏。

「真棒，真的是太棒了，感覺好熱鬧呢。」

幸好桑朵菈也感到很開心。

但值得注意的不光只有老虎帽子。

大家的肩膀上都扛著薄木板，類似巨大化後的冰棒棍。

「夏露夏，那些木板是做什麼用的？」

「可以敲擊那些木板，將聲音獻給麥德古瓦聖者。」

原來如此，大概是祭典總要有音樂才熱鬧吧。

「沿途有好多攤販喔～每家都看起來好可口呢～！」

法露法的目光被道路兩側的攤販吸引過去。

嗯，這完全就是夏日祭典。想想我不曾帶女兒們參加過這種明顯就是舉辦來慶祝的祭典，今天算是一個很好的機會。

反之，萊卡不知為何顯得相當陰鬱。

儘管她沒說出口，卻很容易把心情表現在臉上，讓人一眼就能看出來。

「萊卡，發生什麼令妳不滿意的事嗎？」

「剛才有經過維頓鎮立博物館，結果今天是休館日。」

「妳還真喜歡博物館呢！」

「說起博物館，即使碰上節日應該也會照常開放，不過當地人為了悼念聖者才改為休館……」

印象中，這類觀光景點在節日時仍會營業，沒想到此世界也存在著這種觀念。

「那、那個……反正這地方也不遠，如果妳真的很想參觀，下次再自己找個時間過來也行喔……」

「好的，謝謝關心。話說我對猛虎祭所知甚少，剛好能趁此機會考察一下。」

能夠像這樣勾起萊卡的興致，如果聖者地下有知，相信也會感到欣慰吧。

放眼望去是人山人海，難保女兒們不會有走丟的風險。

外加上人潮擁擠，桑朵菈根本無法好好參觀祭典。

這種時候就輪到我出馬了。
於是我移動至路旁，蹲下來對桑朵菈說：
「桑朵菈，妳就坐在我的肩膀上吧。」
「這、這樣會顯得我很幼稚耶。算了，這也是沒辦法，我知道了。」
桑朵菈對此感到有些害羞，不過最終還是接受提議。
當然我這麼一提，不難想像法露法跟夏露夏也會想要相同的服務。
她們不發一語地望著我。
「法露法和夏露夏就牽著媽媽的手，這樣可以嗎？」
「嗯，媽咪♪」「遵命。」
幸好兩人願意妥協。於是法露法來到我的左邊，夏露夏則是站在右邊。
「這位置真不錯。像這樣近距離觀察，這些老虎帽子還挺有魄力的。」
桑朵菈也因為視野良好，看起來十分滿意。這麼做就可以討她歡心的話，對一名母親來說算是挺輕鬆的。
同時能感受到站在我左右兩側的女兒們，也非常享受祭典獨有的氣氛。
嗯，這種平凡的享受方式真不錯。和孩子們參觀小鎮所舉辦的祭典，就應該要這樣才對。
畢竟綜觀我們的生活，經常發生轟轟烈烈的情況。

真要說來是一牽扯到魔族，每次都是特別嚴重的事件……
今天就悠閒享受這場在小城鎮裡舉辦的祭典吧。
不過——我忽然發現有個不對勁的地方。
就是攤販之中有販賣某種頗眼熟的料理。
該料理就叫做醬燒麵包。
做法是在麵糊撒滿高麗菜絲，置於平坦的鐵板加熱，接著放入豬肉片，最後再淋上調味醬就完成了。
以外觀來說……

「根本是什錦燒吧……!?」

我對什錦燒並非特別了解，細部做法有可能截然不同，可是成品的外觀幾乎毫無分別。
「媽媽，妳很在意那道料理嗎？」
夏露夏似乎聽見了我的吐槽。
「那道醬燒麵包是猛虎祭時才會推出，若是好奇可以買來嘗嘗看。」
「亞梓莎大人，我剛好有些肚子餓了，就順便幫大家各買一份，總共買個十份好了。」

「萊卡，謝謝妳的好意，但妳是以一人吃幾份來計算的？」

我相信孩子們光是兩份就吃不完了。另外，桑朵菈不吃這種東西。

「請放心，諸位是每人各算一份，我則是吃七份就好。啊，七份好像有點多……還是五份好了。」

儘管萊卡想表現得含蓄點，不過聽在常人耳裡還是稍嫌太多，這樣的分量根本是準備拿去公司分送給同事們了。

於是我們找了個空座位，坐下來享用醬燒麵包。

這味道果然是什錦燒……差別就在於並沒有撒上海苔粉。

莫名有股不祥的預感。

本以為只是個平凡的祭典，難不成情況比我想像得更複雜嗎……？

就在這時，忽然有人來找我們搭話。

「怎麼連妳們也跑來了。雖然我也覺得能在這裡見到妳們。」

唔，這種關西口音的說話聲……

沙沙．沙沙王國的國王．小穆來到我的面前。

「啊，是穆小姐～！」

「哎呀，這不是惡靈之王嗎？」

法露法和桑朵菈相繼回應。由於夏露夏剛好正在吃醬燒麵包，因此沒辦法開口打招呼。

居然在這時候遇上小穆……？

說是偶遇又好像太巧了。

對了，想想這場祭典——

整體上很貼近關西的感覺吧……？

「小穆……為何妳會出現在這裡呢？」

倘若她是來拜訪我們倒還說得過去，要不然根本不會出現在南堤爾州這種地方。恐怕是參觀完祭典以後，就會跑到我們家吧。

「說起這個祭典，堪稱是發生奇蹟般完美傳承我國傳統的祭典喔。我也是直到最近才得知有舉辦這種祭典。」

傳承？

「小穆，我聽不太懂妳想表達的意思，這裡的祭典怎會跟你們古代文明有所關聯呢？」

現有文明理當與古代文明是攀不上任何關係。最主要的證據就是魔法系統相去甚遠。

「所以我才說是發生奇蹟。那位名叫麥德古瓦的聖人，我能肯定是源自於古代文明所信奉的神明德麥・德麥・古瓦米。」

今天莫名老是聽見陌生的專有名稱耶。

「從德麥・德麥・古瓦米變成麥德古瓦，若是發音稍有不同還說得過去，但像這樣差異過大，就有點穿鑿附會了。」

夏露夏以中肯的理由提出反駁。身為母親，我願意投夏露夏一票。

「這也是沒辦法啊，畢竟歷經漫長的時光，自然會被改得很不一樣！不過關於老虎的傳說就非常相似，這上頭的調味醬也是我們以前吃過的。想來是麥德古瓦的神話裡有提及製作方法，才會碰巧傳承下來。」

原來如此……

夏露夏認為這說法有點牽強……可是小穆說得應該沒錯。

小穆的關西腔跟狀似什錦燒的食物。

我不覺得兩者的關聯是出自於巧合。

畢竟在小穆的古代文明裡，有個名叫『紅魔寶珠』的料理就與章魚燒如出一轍。

換言之，存在著類似什錦燒的食物也不足為奇。

說實話，什錦燒和章魚燒的口味取向也十分相似（純粹是個人感受）。

「對了，這道菜在小穆妳們那裡是如何稱呼？」
「就叫做『黑綠色死亡沼澤』。」
「好歹也取個會勾起食慾的名字嘛。」
至少是很令我倒胃口。請不要在食物裡加入沼澤這種詞彙啦。
「穆小姐要吃一份嗎？」
萊卡指著桌上其中一份醬燒麵包。
「沒關係，雖說我擁有肉體，但算不上是生物，所以無法進食。謝啦，妳的好意我心領了。」
「啊、也對……不好意思，是我疏忽了……」
萊卡的表情十分尷尬。
「妳並沒有得罪我，別一臉那麼在意的樣子啦。」
「對呀，無須進食就可以生存下去，這才更符合效益喔。」
與小穆基於不同理由而無須進食的植物桑朵菈提出看法。
老實說我也覺得不能吃東西還滿可惜的，可是對於本來就不用進食的人而言，等同於不值一提的瑣碎小事，因此萊卡的確不必耿耿於懷。
「原來如此……因為以我的立場，不能在祭典裡邊走邊享受美食是非常痛苦的一件事……」

「畢竟萊卡妳最喜歡做的事就是吃東西，也難怪會特別介意。」

想想我身邊有許多立場特殊的人，才導致情況特別複雜。

「話說回來，穆小姐單純是為了參觀這場祭典，才千里迢迢來到這裡嗎～？」

法露法提出疑問。嗯，想想小穆得大費周章才能夠來到這裡。

「是啊，因為這個祭典令我熱血沸騰呢！」

語畢，小穆將一頂比其他帽子更大且更寫實的老虎帽子戴在頭上。

那與其說是帽子，不如說是一套衣服。

從帽子後側延伸出去的布料，甚至呈現出老虎的身體以及四肢。

「這就是我們的傳統帽子！那麼，是時候進入祭典的最高潮了！」

接著小穆往舉辦祭典的大街前進，但她最終並沒有走出臨時搭建的棚子。

「小穆，妳走路的速度有變快耶。」

以前她光是邁出一步就快要累癱了，現在的步行速度則與走路較慢的普通人差不多。

「單純因為我用魔法讓身體飄起來而已。」

「啊、原來如此……」

「附帶一提，我有讓娜娜．娜娜測量我用肉體跑步的時間，結果是慘不忍睹……

我花了一個小時以上才跑完……」

幾乎沒有一個賽跑項目的結果會超過一個小時以上吧，光是以跑步來形容就怪怪的。

我認為小穆還是乖乖用飄浮魔法會比較好。

話說祭典的最高潮是什麼意思？

小穆的兩隻手分別握著一根其他觀光客同樣有配戴的巨型冰棒棍。

然後開始互相敲打發出聲響。

啊，這旋律好像在哪聽過。

「一棒轟爆～麥德古豆！拚啦拚啦，麥德古豆！」

「居然是棒球的聲援口號！」

老實說，我隱約已經猜到了。

因為一路走來，就瀰漫著類似棒球賽的氛圍。

「更何況這裡面的『一棒轟爆』是針對誰啊!?」

「媽媽，『一棒轟爆』與『拚啦』在這裡都是不具有任何意義的口號喔。」

夏露夏應該是很認真在解釋，不過由於內容的關係，聽起來又像是在講笑話。

「無論是『一棒轟爆』或『拚啦』，在我們的方言裡都是指『打爆對手』。類似

『你是在鬼扯啥啦，別逼我打爆你喔』這種意思。」

「妳明明身為王族，未免也太沒口德了吧。」

「也、也就是說……麥德古瓦聖者的祭典，或許真的是源自於古代文明的信仰喔……」

夏露夏渾身一顫，感慨良深地說著。

對夏露夏而言，這似乎是相當驚人的發現。

不只是小穆。不知不覺間，其他頭戴老虎帽子的人們也紛紛握住手中的巨型冰棒棍，開始互相敲擊發出聲響。

而且夾雜著管樂器的吹奏聲。

這旋律莫名像是在球場裡出現的那種，但我並不清楚曲名是什麼……

總之，我不會再針對這點程度的小事開口吐槽，理由是會沒完沒了。反正祭典就是要炒熱氣氛，針對炒熱氣氛的行為挑三揀四也不厚道。

「一棒轟爆～麥德古瓦！衝回家衝回家，麥德古瓦！」

「衝回家又是在說什麼啊!?」

我不小心對新出現的口號大聲吐槽。

© Benio

「媽媽，相傳麥德古瓦聖者生前在思考事情時，都會以菱形路線在房間裡跑來跑去，所以才衍伸出『衝回家』這樣的口號。」

「謝謝妳幫忙解說，夏露夏。但即使聽妳說完，依然消除不了籠罩在我心中的鬱悶感。」

「媽媽會感到鬱悶是非常正確的。關於他在家中以菱形路線來回奔跑，到現在還是沒有合理的解釋。」

儘管得到女兒的稱讚，我的心情卻並非來自於學術研究方面。

啊，我懂了。

不過即使說出口，也只會換來聽不懂我在說些什麼的反應，因此我在心中吼了出來。

「衝回家」是指全壘打吧！

「妳們也趕快跟著照做，沒有板子也能拍手。一棒轟爆～麥德古瓦！拚啦拚啦，麥德古瓦！」

在小穆的催促下，我們也紛紛從座位上起身。這種情況下，也只能跟著喊口號了。

萊卡隨即買了木棒回來。雖然只有今天派得上用場，不過這種節日要是計較太多的話只會掃興。

於是我也扯開嗓門大喊。

「一棒轟爆，麥德古瓦！全壘打全壘打，麥德古瓦！」

下一秒只見小穆一臉納悶地看著我。奇怪？我的節拍應該沒錯吧。

「亞梓莎，『全壘打』是什麼意思？」

糟糕，不由自主地以比較順口的方式喊出來了。

「別在意，這算是『衝回家』的一種方言……」

到頭來，我們替名為麥德古瓦的聖人聲援了一段時間（？）。

雖說是個奇妙的祭典，也獨有一番樂趣。果然有祭典就應該親身體驗一下。

大家最後還不停連敲冰棒棍，那畫面就類似於球員當真把球擊飛出去的時候。

喊完口號後，夏露夏不知為何熱淚盈眶。

「妳怎麼了？有什麼事情令妳感到難過嗎？」

瞧見女兒落淚，我當場慌了手腳。

「經過這場祭典，讓我感受到古文明信仰有可能還存在於世上的浪漫，真是個相當令人感動的體驗……」

「對夏露夏來說，這算是相當不得了的大發現吧。」

偏偏看在我的眼裡，完全就是一場鬧劇，害我無法坦率地代入情感……問題在於前世的記憶不斷阻撓我……

「附帶一提，大家最終會前往名為甲子之園的聖地參拜祈福，但這部分並沒有傳承下來。再加上甲子之園早就毀了，大家不知道也是莫可奈何。」

儘管發音跟甲子園很相似，我仍舊想堅稱是純屬巧合！

「之後那種踐踏巨人族的儀式也沒能保留下來。」

「那、那個……和巨人相處融洽也不失為一樁美談嘛……」

「已經接近中午啦。畢竟機會難得，我就順道去一下高原之家。相信羅莎莉在家吧。」

羅莎莉隨著芙拉托緹出門去了，不過兩人理當中午就會返家。原因是今天輪到芙拉托緹負責準備午餐。

「沒問題，歡迎。」

因為這裡離家沒有很遠，距離天黑還有很長一段時間。真是個充實的假日。

「萊卡，方便多載一人嗎？這次的孩子們比較多，還行嗎？」

「這部分是不要緊，只是那裡有賣兔肉，可以吃完再走嗎？」

這孩子也太會吃了吧！

小穆表示吃兔肉也是此節日的習俗，夏露夏在得知古代信仰和麥德古瓦信仰之間的關聯後，又一次熱淚盈眶。

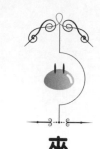

來訪的鑑定騎士團

She continued destroy slime for 300 years

我們參觀完猛虎祭便返回高原之家。

剛到家，就飄來一陣烤肉香。因為今天是芙拉托緹負責準備午餐，所以應該是出自她的手。

「歡迎回來，主人！我做了烤鹿肉和洋蔥！可以搭配磨好的岩鹽一同享用！」

「雖然看起來很好吃，不過這料理還真豪邁呢。」

這頓午餐類似於野味料理。話說肚子裡那些狀似什錦燒的食物還沒消化完畢，但還是吃得下才對。

小穆一見到羅莎莉，兩名惡靈馬上就聊開了。

她們似乎在討論近來有太多人基於雞毛蒜皮的小事就成為惡靈。

想想「最近的○○」這類話題，總能打開大家的話匣子。這算是人類（準確說來是惡靈）的業障嗎？

法露法和夏露夏前去廚房跟芙拉托緹分享猛虎祭的心得。

「喔～老虎啊。想想最近都沒去找老虎比力氣了～」

這可不是跟老虎大戰的祭典喔。另外按照她的說法，她有找過老虎比力氣吧……相信老虎也會感到很困擾。

假如芙拉托緹對祭典感興趣的話，大可等午餐過後再去現場參觀，反正她一下子就能抵達那裡。

「哈爾卡拉還在整理寶物嗎？那我去提醒她可以吃午飯了。」

當我走向擺放寶物的房間時，發現走廊上堆滿各種看起來相當昂貴的物品。

諸如雕工精細的箱子、銀製燭臺等等，都是些看似很有藝術價值的東西。畢竟原本都是用來獻給神明的供品，信徒們自然不能拿出太廉價的東西。

推開房門，發現房間內變得比之前還要凌亂。

「好多灰塵……另外也沒看見哈爾卡拉。」

難不成她一開工後，發現整理不完就放棄了？

更何況就算想整理，家中也沒有足夠的棚架或箱子存放物品，終究還是有所極限。大不了就只是分門別類擺放而已。

——在我如此心想之際，注意到看似相當昂貴的椅子上放有一張紙條。

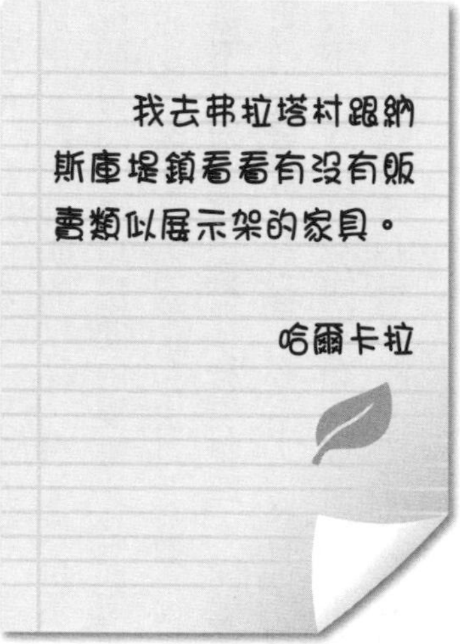

我去弗拉塔村跟納
斯庫堤鎮看看有沒有販
賣類似展示架的家具。
哈爾卡拉

看來哈爾卡拉也想到得先添購棚架。

不過就算我家再大，若想把這些東西通通整理完，恐怕需要追加存放用的倉庫。相信拜託萊卡幫忙的話，不出幾天即可完工，因此這部分是不成問題。

我本想走進房間裡看看，但因為有太多亮晶晶的東西，幾乎快把我的眼睛閃瞎了。

大概是想獻給神的緣故，大多都是無視實用性的金屬擺飾，甚至還有用寶石製成的青蛙。

總覺得仁丹也不想要這個東西，才把它硬塞給我們吧……？

「感覺這應該很昂貴，偏偏我完全不懂它值多少錢，相信內行人會知道吧。」

倘若家中經濟面臨拮据時，可以考慮把這些拿去變賣，幸好現在的收入還算穩定，而且不管多麼家財萬貫，我還是想過著這種以狩獵史萊姆來維持家計的生活。畢竟做人就該遵照原有的生活步調。

我返回餐廳，在耐心等待午餐上桌之際，哈爾卡拉突然快步跑了進來。

「妳都已經回到家中，不必跑得這麼急吧？」

「師父大人，弗拉塔村出現一群不得了的人喔！大概是因為正逢麥德古瓦聖者紀念日喔？」

「一群不得了的人？要是妳不解釋得清楚點，我是聽得一頭霧水。」

至少能看出哈爾卡拉為此十分興奮。

「有多名魔族來到弗拉塔村。」

「咦？魔族？」

我腦中首先浮現出別西卜的臉，不過她經常來家裡串門子，所以肯定不是她。

「畢竟麥德古瓦聖者生前也想前往魔族傳教，或許他們想一起來慶祝這個節日吧。」

「嗯，這麼說是挺有道理的。」

感覺上有越來越多的魔族造訪弗拉塔村，不過以人類世界的觀點來看，與其說是大家對魔族仍稍有排斥，不如說是多數人依然與魔族保持距離。

但比起基於恐懼，實際上是兩族的生活圈相隔遙遠，才導致雙方不太有機會接觸。

人類這邊幾乎沒有方法能前往魔族領地，魔族那邊則是只有少數人能利用飛龍等移動手段前來。

於是魔族基於這個聖者紀念日也與他們有關，便呼朋引伴一起跑來這裡嗎？對於鮮少造訪人類領地的魔族來說，也許會趁著這個機會跑來吧。

「對了，是一群怎樣的魔族來到這裡呢？」

如果是別西卜或佩克菈，哈爾卡拉肯定會直接說出名字，所以不太可能是我們熟識的魔族。

「是一群自稱鑑定騎士團的魔族！」

偏偏換來一個有聽沒有懂的答案。

魔族內的確會有騎士團，不過冠在前面的「鑑定」是什麼意思？騎士團與鑑定二字總覺得很難扯上關係。

「不好意思，拜託妳解釋得詳細點，因為現場沒有任何一人在聽見這個名字後，能馬上進入狀況給出『啊～原來是鑑定騎士團啊～』這樣的回答喔。」

「一如我字面所言！啊～他們來得真是時候！萊卡小姐，芙拉托緹小姐，吃完午飯後可以請妳們幫忙搬東西嗎？」

「那個……我是無所謂，請問要搬什麼呢？」

「沒錯，可以的話是越重越好，因為剛好能來較量誰的力氣大。」

芙拉托緹還真是一有機會就想跟萊卡較勁呢。

「就是從仁丹女神那裡收到的寶物！把它們全搬到弗拉塔村去。」

至此，我終於明白哈爾卡拉如此神采奕奕的原因了。

「鑑定騎士團是旅居全國各地，前往當地替人造物品估價的一群人。就請對方幫忙確認那些寶物的價值吧！」

天底下哪有這種騎士團啊。

——話雖如此，看這情形應該是有吧……

「喔～這是個好主意，其實我也頗好奇那些東西有著多少價值。」

萊卡也顯得很感興趣。相傳龍族偏好收集金銀財寶，萊卡她同樣囤積不少財產。

「喔、前往弗拉塔村較量誰的東西比較貴嗎？既然如此，芙拉托緹是不會輸的！」

沒想到物品昂貴度的較量會和力氣比拚的賽事歸類在一起！

看來吃完午餐就前往弗拉塔村一事已拍板定案。

不過我仍抱有些許疑慮。

說起魔族，他們有辦法鑑定人類世界的寶物嗎？

另外，又是一群怎樣的魔族負責鑑定呢？

◇

從高原之家俯視弗拉塔村，也能確認到有魔族來到村子裡。

這句話的意思並不是指現場有著類似巨人那般高大的魔族，而是有好幾隻飛龍盤旋在天上。

我領著全家人以及小穆來到弗拉塔村。

儘管萊卡、芙拉托緹以及哈爾卡拉因為要搬運寶物的關係而分頭行動，不過弗拉塔村沒有多大，我們很快就會合了。

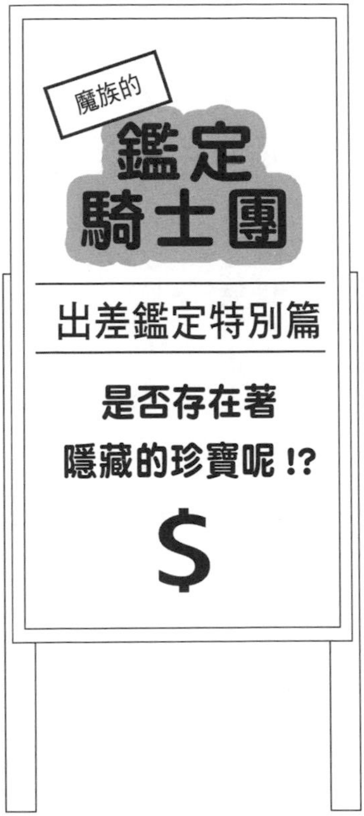

前方放著一塊寫有如此內容的看板。

想想魔族還真喜歡這類活動。真要說來，是這世界有滿多人都很喜歡辦活動。

「地點似乎就在村子中央的廣場上。看來他們做了不少準備呢～！」

語畢，哈爾卡拉以小跑步奔進村子。

「我們把寶物都放到廣場上了。嗯～真期待會值多少錢呢！」

哈爾卡拉明顯感到非常興奮。

「妳對古董很感興趣嗎？」

「要是被估出價值不菲，不覺得會很開心嗎？」
老實說，我也並非無法體會這種心情啦。
「另外要是沒搞清楚價值的話，將會分不清保存的優先順利。假如有破銅爛鐵混在裡面，也可以早點拿去扔掉。」
這麼說也對。畢竟那些寶物全部加起來還挺多的，希望能減少一點。
一來到廣場上，已有許多村民、鄰村居民以及魔族群聚在此。
「咦？也有魔族跑來參觀嗎？」
恰好村長也在，我便找他聊聊。依照觀察，村長似乎對魔族沒有偏見。在與他交談前，即可從他的表情上看出來。
「那個，好像來了很多魔族耶。」
「喔～高原魔女大人，聽說鑑定騎士團的鑑定秀在魔族世界備受歡迎，因此有不少人特地前來參觀。」
「大概就類似於追星族吧……」
「今天恰逢麥德古瓦紀念日，是個應該與魔族和平相處的日子，所以這也算是個好機會。而且若是能為村子帶來經濟效益，可就再好不過了。」
說起弗拉塔村的優點，就是對任何事都懂得變通。

「那麼，活動差不多要開始了。」

廣場上有特別設置一個舞臺，能看到身為公會職員的娜塔莉小姐走上臺去。

「讓大家久等了！魔族的鑑定騎士團遠道來到我們弗拉塔村舉辦鑑定會，只要各位有任何沉睡在家中卻不知其價值的寶物，他們都會幫忙評估！」

弗拉塔村的村民們看似對魔族的接受度普遍偏高，想來是多虧別西卜經常造訪這裡的緣故吧。

「那麼，有請鑑定騎士團的團員們上臺來！」

首先上臺的是我也非常熟悉的不死族貓女。

朋德莉！

「首先是負責鑑定玩具的朋德莉小姐！」

「啊、各位鄉親大家好～我基於職業關係，接觸過許多遊戲和玩具，並在人類世界住過很長一段時間，所以對這部分的價值相當了解。」

朋德莉說得一點都沒錯，記得她隱藏不死族的身分，在人類世界生活長達四十年。

不過她說自己負責鑑定玩具，算是較為偏門的領域吧……

有其他懂得鑑定尋常古董的人嗎？

「另外我們雖然自稱騎士團，但我其實對劍術與騎術都一竅不通。因為大家認為有個對人類世界比較熟悉的人一起來會更好，才臨時推派我加入的。」

看來這部分就沒有硬性規定。單純是個掛名的騎士團，並不會當真做出與騎士有關的行為。

「朋德莉小姐，今天就請您多多指教！那麼，緊接著是第二位團員！」

老實說，我萬萬沒料到接下來上臺的也是熟人。

但是我與此人僅有數面之緣，因為她擁有一頭漂亮的金色秀髮，外加上宛如魔女般的外表才令我印象深刻。

「大家好，我的名字是摩蘇菈，主要負責鑑定的品項是魔法相關物品，也就是俗稱的魔導器（artifact）。」

是魔法史萊姆摩蘇菈！

摩蘇菈似乎也注意到我們，於是朝向這邊揮手。

畢竟承蒙過她的照顧，我隨即做出回應。

當時因為法露法突然變回史萊姆無法化成人形，於是前去向摩蘇菈求助。

另外根據席羅娜捎來的消息，摩蘇菈似乎成為她的魔法老師了。換言之，她可是我義女的師父，怎麼說都算是關係匪淺。

「摩蘇菈小姐，您看起來一點都不像是魔族，請問您真的是魔族嗎？」

娜塔莉小姐開口提問。

「廣義來說的確是魔族。相較於站在那邊的高原魔女小姐是更貼近魔族。」
「既然如此，那就算是魔族了。」一部分的觀眾紛紛如此表示。
等等，照你們這麼說，我不也被歸類成魔族了？但我可是如假包換的人族喔……
「另外，我同樣是基於自己就住在人類的領地內，才被臨時找來參加這趟鑑定之旅，本身從未接觸過與騎士有關的事物。」
這個團體肯定無法履行騎士團應有的本分吧。
「最後是第三位鑑定騎士，也是唯一來到現場的鑑定騎士團正式團員！」
換言之，絕對是我不認識的人。老實說光瞄一眼，我就確定自己從沒見過此人。
因為此人的下半部是蛇身。
記得叫做那伽族。至於上半身則是擁有一頭碧綠色秀髮的女性形體，而她臉上戴著一副狀似古代文物的特殊眼鏡。
「大家好，我是鑑定騎士團的索莉亞，於范澤爾德市區經營古董店已有數百年，請各位多多指教。」
「是索莉亞小姐耶！」魔族觀眾那邊紛紛傳來這類的歡呼聲。看來是個名人。
「以上三位就是此次的鑑定員！那麼，有請第一位申請鑑定的觀眾，來自弗拉塔村安特商會的卡爾西斯先生，請上臺來！」
稍有年紀的卡爾西斯先生，拿著一個必須用雙手才有辦法捧住的大盤子。

「這是曾祖父生前十分珍惜的盤子，感覺應該頗有價值，所以才想拿來鑑定一下。」

「原來如此！您預估的金額是多少呢？」

卡爾西斯先生公開自己事前寫好的板子。

「我是希望能有三十萬金幣左右的價值。」

「那麼，有請鑑定騎士團的團員們幫忙評估！」

摩蘇菈藉由詠唱魔法來確認該物是否屬於魔法道具。名為索莉亞的那伽族小姐，則是利用眼鏡的放大功能檢視細部。

感覺上挺有模有樣的。

唯獨朋德莉將雙手枕在後腦杓上，歪著頭站在那裡。

既然那東西不是玩具，她也就不知道該如何評估吧……一旦不屬於自己的專業領域，自然是束手無策。因為會場內還有剩下的空座位，我們一家人便坐下來欣賞。尤其是女兒們，若是要她們從頭站到尾肯定會累壞的。

「啊～是那種盤子啊。」

桑朵菈似乎想到什麼了。

「我還以為桑朵菈妳對那類古董不感興趣，難道我記錯了？」

老實說小孩子對古董感興趣反而比較奇怪，特別是桑朵菈對於人造物都抱有偏見。

「那類陶器經常會打碎混入土裡。以前我家所在的遺跡內特別多。若是根部頂到的話，就會被刺得有點痛。」

「果然還是離不開植物的視角！」

當我們如此交談之際，鑑定騎士團所有團員已分別在類似白板的東西上寫下數字。

「看來評鑑已經結束了，那就有請鑑定騎士團公布金額！」

卡爾西斯先生在看完公布的金額後，不由得露出苦笑。會場內則是發出既吃驚又想笑的聲音。

「哎呀，金額有點低耶。首先有請那伽族的索莉亞小姐說明一下。」

「雖說這是按照名為袁投窯的古老技術製成，不過年代看起來很新，恐怕是令曾祖父生前親手製作的。以仿造物來說，是個相當優異的作品。」

不愧是專業人士，給出了聽似有模有樣的評語。

「接下來有請摩蘇菈小姐，您估算的金額是五千金幣是吧。」

「這並不是魔導器，不過上頭的花紋恰好是個魔法陣，對魔法師來說是個很時髦的盤子。」

她是以魔法師的基準來評估……

「儘管朋德莉小姐表示自己並不清楚，但還是請您提供一些看法。」

「那東西與遊戲無關，所以我不知道金額。」

真要說來，朋德莉妳根本沒在鑑定吧。

「那麼，接下來是申請鑑定的第二位觀眾，來自納斯庫堤鎮的貝拉奴女士，她這次為我們帶來一個很大的壺！」

一名老奶奶走到臺上。

「這是我在三十年前用八十萬金幣買下的壺，對方表示可以消災解厄。」

根本是非常典型的詐騙嘛！

居然出現一個賣家應該遭天譴的東西。

「畢竟這是我花八十萬金幣買的，當然希望它有八十萬金幣的價值。順帶一提，賣我這東西的人已遭到逮捕。」

那就肯定是詐騙啦！如果這東西真的值八十萬，也就不會構成詐騙啊！

能看見臺上已展開鑑定。唯獨鑑定的這段時間是十分嚴肅。

「那麼，結果已經出爐了！」

納斯庫堤鎮的貝拉奴女士帶來的大壺

15萬 金幣
索莉亞

趕快扔掉！ 金幣
摩蘇菈

我不知道 金幣
朋德莉

咦，金額比想像中還高。首先是由索莉亞發言。

「壺本身的手工還不錯，但終究沒有達到八十萬的價值。按照製作方式是圖科南產的。啊、先聲明一下，我有基於炒熱現場氣氛的私心才稍微提高價碼。另外值得注意的一點，古董店絕不會以這個價錢收購此物。」

像這樣說出心底話沒關係嗎？

反觀摩蘇菈露出相當頭疼的表情。

「那個……這個壺別說是消災解厄，上頭還附有危險的魔法，建議您趕緊扔掉……由於直接敲碎也不妥，因此最好的解決辦法是遺棄在深山裡趕緊離去。倘若您有看不順眼的人，賣給對方也是個不錯的選擇。」

瞧摩蘇菈臉色發青，恐怕這東西真的很不妙……

「我懷疑賣家之所以會遭逮捕，也是詛咒造成的……」

原來是賣家會被詛咒啊！

至於朋德莉——

「好大的壺。」

真是膚淺到近乎無腦的發言。我覺得除了玩具以外，就別再請朋德莉發表意見好了，相信她也感到很困擾吧。

不過，會場內的氣氛相當熱絡。

畢竟企劃本身或許算是挺有趣的。雖然早在我的預料之中，不過萊卡跟夏露夏都看得相當起勁。

接下來同樣有諸多寶物被送上臺鑑定。

比方說，『英明之鵰』的餐廳老闆想要鑑定的畫作（當事人預估為十萬金幣）

是——

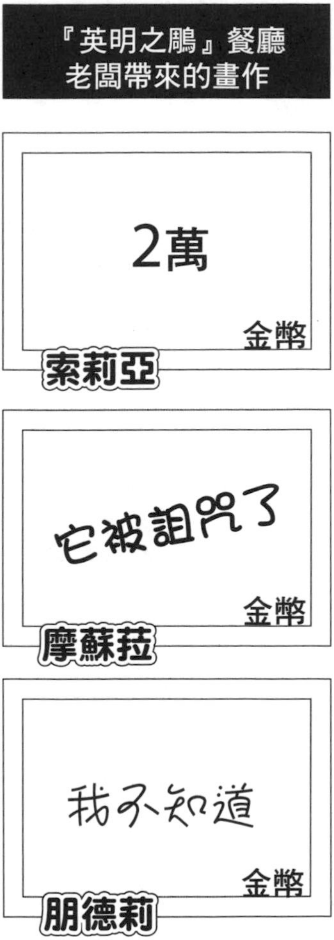

碰巧來到弗拉塔村的男冒險者，送來鑑定的護身符（當事人預估為兩萬金幣）

是——

來到弗拉塔村的冒險者帶來的護身符

精緻的護身符！
20萬
金幣
索莉亞

雖說附帶詛咒
卻對人有益
30萬
金幣
摩蘇菈

看起來很帥
金幣
朋德莉

公會職員娜塔莉小姐拿來鑑定的少女人偶（當事人預估為五千金幣）是——

公會職員娜塔莉小姐帶來的少女人偶

2萬金幣？
金幣
索莉亞

它的頭髮會不斷變長
金幣
摩蘇菈

大約1萬多金幣
金幣
朋德莉

諸如此類的物品接連完成估價。

朋德莉在看見人偶時，似乎覺得自己終於有機會表現，表情顯得有些開心。

「那個，亞梓莎大人，不覺得受詛咒的物品有點多嗎？」

坐於後側的萊卡如此低語。

「我也這麼認為……」

整體上莫名有股不祥的氣氛。

「可能全是些自古流傳下來的東西，所以多多少少有人的意念殘留在上頭吧。」

「也許是能這麼說……不過我們送來鑑定的東西，也幾乎是來自別人家保存的東西吧。」

我一臉憂鬱地將目光移向在舞臺邊築起一座小山，從仁丹那裡獲得的寶物堆。

「假如那堆東西都遭到詛咒，會讓人很吃不消耶。」

況且還是獻給神的供品。倘若其中一件是某人生病想幫自己祈福，才不惜捐獻出來的話，打從一開始就是充滿怨念的產物吧。

萊卡不由得渾身顫抖。

「亞梓莎大人，請不要說那麼嚇人的話……我對這類事情很沒轍……」

「抱歉，其實我也一樣會怕，偏偏不小心說出來了……」

「二位，明明妳們都和我這個幽靈住在一起了，有必要這麼害怕嗎？」

飄在我們上方的羅莎莉如此說著。但問題不在這裡，可怕的東西就是可怕。

「即便是詛咒，也不過是個觸發點。那種程度害不死人的，更別提什麼家破人亡的禍事，全都在誤差範圍內罷了。」

身為惡靈之王的小穆提出看法，可是她的基準很不正常。

鑑定活動持續進行，接著終於喊到我的名字了。

「那麼~接下來是最後一位，有請高原魔女大人與其家人一起上臺！」

因為是以我的名義申請鑑定，所以我非得出面不可，而主導此事的是哈爾卡拉，我便帶著她一同上臺。

許久沒像這樣成為村民們的焦點，不過這點程度倒也無妨。

「高原魔女大人，您想送來鑑定的寶物在哪呢？不過我相信有許多觀眾都已經注意到了。」

娜塔莉小姐很有主持人風範地幫忙引導話題。由於這是個小村莊，因此她經常得負責公會職員以外的工作，想想還真是辛苦。

「就是我背後的那堆東西。聽說都是來自仁丹大教堂對吧……」

舞臺旁擺了一堆狀似文化遺產的物品。

看起來就像是哪來的古董店準備搬家一樣。

「就請哈爾卡拉小姐來回答，您預估的金額是多少呢？」

哈爾卡拉手中拿著類似白板的物品。想來是事前就已經準備好的。

「鏘鏘～！這就是我的答案！」

哈爾卡拉公布的白板上寫著「五億」！

這金額也太大了吧！

另外右下角還特別註明「哈爾卡拉製藥的『營養酒』」。這種一有機會就趁機打廣告的生活態度，想想還真是始終如一呢。
「五億呀。這數字相較於先前的來賓是遠超出不少，請問您很有把握嗎？」
「也沒有啦～單純是覺得這種時候故意把數字寫得大一點，比較能炒熱氣氛呀，而且我們又擔任壓軸。」
「感謝您對本活動的用心。」
這丫頭對於奇怪的地方特別懂得人情世故。
「那麼，因為數量龐大的緣故，有請鑑定騎士團趕緊開始評估吧！至於這段期間……該怎麼辦呢……？想想還真沒料到會出現這種特別花費時間的情況……」
娜塔莉小姐的即興主持似乎已達到極限。畢竟無人能預測到會出現這種幾乎是將一整間店送來接受鑑定的情況……真是不好意思……
「那個～……高原魔女大人，請問您會唱歌嗎？」
「請不要提出這種強人所難的請求！這又不是哪來的宴會現場！好歹想點與鑑定有關的內容來接續話題嘛！」
如果被人視為村裡的守護神過於尊敬是會害我無所適從，不過把我當成哪來的幫手隨意利用，也挺讓人不爽的。
「咳咳……我明白了。那就來介紹一下鑑定騎士團團員們各自所經營的商店吧。」
原來如此，藉由打廣告來拖時間啊。

「朋德莉小姐經營的『碰☆得利遊樂中心』，就位在魔族之都范澤爾德城市區第七巷與刑場橋的交界處附近。」

「去不了啦。」會場上的村民們紛紛如此回答。

畢竟是位於魔族的世界嘛……

「店裡有著各式各樣的遊戲機臺，大家若有機會可以光顧一下。」

朋德莉站出來朝觀眾揮手。原本想提醒她好好鑑定，可是那堆東西都不在她的專業範圍內。

「另外卡牌遊戲『決鬥・絕鬥』便是由朋德莉小姐負責設計，她同時也是『死與不死卡牌遊戲專賣店』的店長。店內每週都會舉辦大賽和各種相關活動，懇請大家多多光顧。」

「這間店就位在從中央路段進入遷徙矮人路那附近喔～」

朋德莉從旁補上地址。

「去不了啦。」會場內再度出現這類聲音。如果是在魔族境內打廣告會挺有效的，偏偏該處距離弗拉塔村真的太遙遠了。

「那麼，接下來是魔法師摩蘇菈小姐經營的工房，由於該店完全保密，因此有興趣的人可以自行前往。」

「去不了啦。」位於後側觀看的魔族們也這麼表示。

老實說這已經算不上是打廣告了吧。

「最後是那伽族索莉亞小姐經營的『古道具・一萬龍堂』，位於食屍鬼橋路和邪神教會的交界處——本人表示能看見一個很醒目的巨型骷髏頭。因為幫忙打廣告的我也同樣去不了，所以不知該如何詳細說明。」

「聽完之後並不想去。」會場內出現這類感想。

那個，這一連串的廣告好像沒啥意義耶！

不過，哈爾卡拉豈會錯過這個大好機會。

「大家好~！我是朝氣蓬勃地在納斯庫堤鎮經營藥局的哈爾卡拉製藥！自明天起為期三天，只要在直營店內購買東西時說出『我有來過鑑定騎士團的活動現場』，就會多送一罐『營養酒』喔！」

「這個就可以去了！」會場內出現這類回應。終於有個對大家來說是有用的廣告了。

「另外小點心『食用史萊姆』好評販售中。歡迎大家購買口感香甜，吃了會讓人心情放鬆的史萊姆。無論是買來送家人或給情人當禮物都非常適合。『食用史萊姆』好評販售中。」

真會打廣告。不愧是商人資歷很長的哈爾卡拉。

我突然想到一件事。
這段時間就跟電視臺的廣告時間毫無分別吧？
大概是想趁機打廣告，其他熟面孔也跑了出來。
松樹妖精密絲姜媞忽然站上舞臺。
——而且背上扛著一棵松樹。
畫面是很勁爆，問題是也很詭異喔！
「與摯愛共度一段寶貴的時間，歡迎大家來松樹妖精密絲姜媞神殿舉辦一場能留下幸福回憶的結婚典禮——謝謝！」
語畢，密絲姜媞就退場了。
「咦，誰啊？」「神殿的相關人士吧。」「那棵樹好像很重。」
會場內接連傳來上述感想。
弗拉塔村的村民們並不清楚密絲姜媞是松樹妖精。這小妞居然只為了打廣告，不惜現身於一般民眾面前……
後來又有多位在弗拉塔村或納斯庫堤鎮開店的人上臺打廣告。這段期間，鑑定騎士團的索莉亞和摩蘇菈一直在替物品估價。
「嗚哇～這東西真不錯耶。」「嗯，帶在身上確實會受詛咒。」「這也挺不錯的。」

「嗯，這也同樣是出過事的東西。上頭染滿了捐獻者的血。」「這是馬可西亞不服輸侯爵供奉的東西耶。」「上頭附有強烈的負面能量。」

鑑定騎士團那邊不時冒出聽起來令人捏把冷汗的可怕字眼。

話說這些東西放在高原之家當真沒問題嗎？

「喔，鑑定似乎已經結束了！那就來看看結果吧！」

終於來到準備公布金額的時候了！

哈爾卡拉像是在禱告般緊握雙手。

她是在祈禱金額能符合自己的期望嗎？不過機會難得，總會希望出現一個更高的數字。

但是金額過高的話，管理上似乎會挺麻煩，還是乾脆廉價點算了？

我個人是不論金額多少都願意接受。

那麼，結果是多少呢!?

© Benio

高原魔女大人收自仁丹大教堂的財寶

索莉亞
能肯定價值200億以上！
金幣

摩蘇菈
約莫250億！但需要解咒。
金幣

朋德莉
很像是博物館的文物
金幣

「竟然出現如此驚人的金額！」

簡直是令人目瞪口呆的數字。

會場內接連傳來驚呼聲。

「師父大人，成功了！我們贏了！」

「妳說我們贏了什麼!?」

哈爾卡拉一把抱住我。雖然我搞不清楚狀況，但她宛如獲勝般感到非常高興。這情況的確是令人開心啦……

「這金額真是驚人呢！出現了一個破天荒的數字！擔任主持人的我真希望能獲得

一成的分紅！即使是十分之一成也行！」

娜塔莉小姐，妳不小心說出心底話囉！

「那麼，有請鑑定騎士團的團員們來為大家說明！」

這次首先由摩蘇菈來回答。

「這裡面有多個相當出色的魔導器。即使以魔法師的角度來看，這些都是非常優秀的收藏品，同時應該找機會展示並嚴加保存。這些供品能讓人充分感受到民眾對遠古之神仁丹女神的信仰非常虔誠，而且從註記於上頭的地名可以看出信仰圈是非常廣泛。」

喔～真是好正經的說明呢。

「不過有多件魔導器上都帶著強烈的怨念。由於裡頭有著除了仁丹女神以外的人亂摸就會遭逢禍事的東西，因此需要請專業人士幫忙解咒。」

果然有些是為了拜託女神幫忙才捐獻出來的高檔貨……

羅莎莉輕飄飄地飛了過來。

「因為都是些放在家裡並不會招來霉運的物品，所以不必特別在意。問題是有人上門行竊的話，反倒是小偷會有生命危險。」

「啊～意思是放在家裡也不會有問題囉……」

可是假如有小偷光顧，接著三天後得知此人死於非命的消息，感覺上會良心不安，之後還是拿去請人解咒好了。看情形光靠我這點程度的魔法沒辦法搞定，需要更專業的手法才能夠解開詛咒。

接著輪到索莉亞負責解釋。

「因為數量眾多，得改天才可以進行更仔細的鑑定，不過每一件都千真萬確是獻給仁丹女神的供品。儘管物品的年代參差不齊，但這裡面有一組專為女神設計的桌椅套組，是拿斯納豪膽公爵於千年前獻給女神，這件事還有記載於史書裡，可說是非常珍貴的文物。我先省去針對單一物品的說明……總之這些東西並不適合私人收藏，在保存方式上建議多花點心思。」

看著索莉亞額頭上的汗水，能肯定這些東西是價值連城。

另外哈爾卡拉到現在仍然抱著我，於是我小心翼翼地將她推開。開心的擁抱是可以，偏偏她有著越來越不願鬆手的傾向。

會場內則是因為有人鼓掌，最終演變成大家都起身拍手喝采。

對我來說就只是拿東西來估價，外加上這情況挺令人害臊的，不過結果的確是非常驚人。

「高原魔女大人，您對此有何感想？」

娜塔莉小姐把話題拋給我。

「那麼……很感謝大家的聲援（？）。另外……我會小心避免遭竊的。」

由於高原之家確實是孤零零地獨自座落於高原上，有任何可疑人士接近都很容易就能發現，因此在防盜上算是挺簡單才對。

下次就著重在施展結界的魔法上吧。

「請問哈爾卡拉小姐有什麼想補充的嗎？」

「即使『哈爾卡拉製藥』面臨倒閉也不成問題！到時只要將收藏品拿來拍賣即可。」

請不要說出這麼現實的感想。

總而言之，從仁丹女神那裡收到的所有寶物，全都是貨真價實的稀世珍寶。

可是這麼一來，就真的不得不好好落實保存和管理了……

目光飄向寶物的我，不禁如此心想。

活動結束後，小穆乘著飛龍回去了。她在臨行之際說出「下次我也把王國的寶物拿來鑑定好了」，但我懷疑裡面會包含超文明遺物之類的東西，因此希望她別這麼做。

觀眾都離去後，因為我們還得將寶物搬回家，於是仍待在現場。朋德莉忽然走了過來，身後則跟著另外兩名團員。

「我們包下了村裡那間名為『英明之鵰』的餐廳舉辦宴會，請問妳們要一起來參加嗎？」

原因是弗拉塔村內也沒有其他適合設宴的餐廳了。

話說回來，這場宴會似乎不太方便推辭。

「好的，不知我的家人們是否方便一同前往？」

「當然沒問題。」站在後面的摩蘇菈笑著同意。

老實說我真的是不曾想過，以前經常造訪的這間餐廳，居然會成為魔族們舉辦慶宴的會場。

◇

我們一家人走進『英明之鶥』，來參加鑑定騎士團舉辦的餐宴。參加宴會的人有很多，用餐方式是任人隨意找位子就坐。

朋德莉拿好餐點便走了過來。

「好久不見，亞梓莎小姐，妳帶來的寶物還真是不得了呢～」

「那個……畢竟都是別人送的。但也因為這樣，才有那麼多昂貴的東西吧。」

總覺得這情況沒什麼好得意的，所以我是想表現得謙虛點。

摩蘇菈也來到我身邊。對了，她可是席羅娜的魔法老師，我得好好跟她打招呼才行。

「好久不見，聽說史萊姆妖精席羅娜承蒙妳不少照顧……身為義母的我應該向妳道謝，謝謝妳如此費心地指導她。」

「請別這麼說，雖然席羅娜小姐是怪胎中的怪胎，不過學業方面仍很有上進心。」

「她果然是個小怪胎……」

和孩子的老師交談就是這種感覺嗎？總覺得挺羞人的。

「席羅娜小姐雖然是個小怪胎，本性卻十分認真，因此妳大可放心。儘管這種個性容易樹敵，但冒險者業界本就是競爭激烈，這樣反倒是剛剛好也說不定。」

「說得也是……假如她能結交更多朋友，我也可以比較放心。」

我完全是以母親的角度在說話。倘若席羅娜也在這裡，絕對會吐槽我說別擺出母親的架子。

接下來我便與初次見面，身為那伽族的索莉亞交談。看她的盤子裡大多都是水煮蛋。

「過去也曾經基於麥德古瓦聖者紀念日的關係，來到人類世界舉辦鑑定活動。但我萬萬沒想到居然能接觸這麼稀有的寶物，正所謂世事難料呢。」

索莉亞看起來有些心不在焉。

「我震驚到差點就要當場蛻皮了。」

「畢竟我並非身為那伽族，不太能體會那種感覺。」

大概是因為身體有蛇的部分，才會出現這類生理現象。

「啊、其實我以前也有來過人類世界。」

在麥德古瓦聖者紀念日當天，人類會比較容易接納魔族嗎？

「是的，我們會在魔王大人的推薦下前往該處。」

沒想到這次的活動也跟佩克菈有關！

「鑑定騎士團在形式上是聽令於魔王大人，但大人不會要求我們必須立下戰功，主要工作是負責管理大人的寶物。」

「啊～原來是直屬於王室底下呀。」

這麼一來就解釋得通了。

說起王室，從古至今總會擁有各種稀有的收藏品，可是國王本身對此不可能掌握得一清二楚，總會需要專屬的職員負責管理。

而這就是鑑定騎士團。既然是直屬於魔王底下，即使被冠上騎士團的稱號也不足為奇。

「魔王大人今年命令我們來這個名為弗拉塔村的小村落，其實我起先還很納悶為何要選擇這裡。」

結果全是佩克菈一手策劃的！

不過光是聽見佩克菈身為她們的頂頭上司，也就不難猜到是這麼回事了。外加上別西卜或法托菈應該會向佩克菈報告，從而知曉我在仁丹那裡收到許多寶物。到頭來，我們全都被佩克菈玩弄在股掌之中……

「根據魔王大人的說法，當她以射飛鏢來決定地點時，飛鏢剛好刺中地圖上的弗拉塔村。還說若有任何怨言的話，就去找飛鏢抱怨。」

話雖如此，我敢肯定佩克菈一定不是用射飛鏢來決定地點。就算要我拿東西來下注也行。她是打定主意要派遣鑑定騎士團來這裡。

「結果竟然有這樣的寶物沉睡在此。嗯～說來真叫人大開眼界，謝謝您報名參加。」

「能令妳如此滿意是我的榮幸，不過我在這件事裡並沒有任何值得受人感謝的部分。」

「對於那些絕無僅有的寶物，我唯一能做的就是請您好好收藏。」

這時，索莉亞興奮地雙眼發亮。

「那些都是非常出色的收藏品，請務必妥善保存讓它們能流傳於後世，而且要當成文化遺產小心珍藏。」

「說得也是……」

這些東西與其說是私有物，不如說是國家級甚至世界級的遺產了。

儘管真的很麻煩，但也只能設法好好保存了。

「關於此事，我倒是有個好點子。」

此時，從旁傳來一道聲音。

聲音的主人是哈爾卡拉。

待我看清楚後，從她身上驚覺一股強烈的異樣感。

「明明是宴會……妳卻沒喝醉!?」

居、居然會發生這種事。我到現在還是無法相信。難不成是我眼花了？

「我也很清楚此事的重要性，才會百般不捨地警惕自己不准飲酒。」

「哈爾卡拉，沒想到妳居然抱有這樣的覺悟……」

「等到聊完此事以後，我就會把目前忍住沒喝的部分全補回來。」

意思是哈爾卡拉今天絕對會喝到吐。外加上短時間內一次喝那麼多，九成九會反胃的。

在這之後，哈爾卡拉十分認真地與索莉亞進行討論，相信保存方面是萬無一失了。工作時的哈爾卡拉就是這麼值得信賴。

接著她不停飲酒，然後不出所料地吐得希里嘩啦。

一旦哈爾卡拉開喝之後，她所說的話沒有一句可以相信。此次還展現出「我不要緊嘔嘔嘔嘔嘔！」這種才剛表示自己沒事就立刻狂吐的高端技巧。

「難、難不成是供品的詛咒才害她變成這樣……!?」

「完全是酒精害她變成這樣的。」我笑著如此吐槽摩蘇菈。就算不是我，任誰聽見這句話都會很想吐槽吧……

夏露夏十分認真地向索莉亞以及摩蘇菈請教關於文化遺產的事情。想想能跟專家交流的機會是可遇不可求。

「這孩子真是出色，我很期待她日後的成長。」

事後，索莉亞對我說出這個感想。

「對吧？她可是我引以為傲的女兒喔。呵呵呵呵呵。」

自家女兒受人稱讚果然很開心！遠比自己得到讚美更叫人高興。

綜觀下來，出席鑑定騎士團的這場宴會非常有趣。

◇

之後，哈爾卡拉拜託萊卡在納斯庫堤鎮建造某種東西。

不只是萊卡，芙拉托緹也從其他地方搬運石材回來。

我並沒有深入過問，畢竟神情認真的哈爾卡拉非常可靠。假如真有問題的話，萊卡也會幫忙制止。

約莫經過三週後——

「師父大人，我們終於完工了！」

「啊～記得妳們在納斯庫堤鎮建造什麼對吧。」

不過我多少猜得出來。

相信是用來保存仁丹寶物的倉庫。

「『哈爾卡拉製藥博物館』正式落成！」

「這結果完全出乎我的想像！」

在打造這種規模的東西時，還是希望能提前知會我一聲……

萊卡隨即走了過來。

「亞梓莎大人，我這就為妳帶路前往博物館。」

「啊、嗯……這下子只得親眼確認看看了……」

「我完全沒想過自己身邊的人會成立博物館，真叫人太高興了！」

萊卡滿面春風地露出笑容。

畢竟她是屬於能一整天泡在博物館裡的那種人，對她來說自然是非常美好的一件事。

於是，我們來到位於納斯庫堤鎮郊外的博物館。

在萊卡送我們前往的途中，哈爾卡拉表示唯獨郊外才有辦法確保足夠廣闊的土地。想想這也是理所當然。

哈爾卡拉製藥博物館完全一如我對博物館的印象。

這座宛如白色神殿的巨型建築物，採用了記得是被稱為梭柱的建造手法，看起來很有神殿的感覺。

不過，柱子上似乎刻有一排文字。

這是本小姐芙拉托緹砌成的。

看來建造者很想彰顯自己的功績……反正這行字位於不容易看見的位置，就別計較太多吧。

一走進室內，能看見整齊展示於其中的各種寶物。

每件展示物都有自己的說明卡。

「對外開放還需要一段時間，不過我覺得保存空間應該算是足夠了。這裡還有地下室，想說可以在那裡設置收藏用的金庫。」

哈爾卡拉流利地解說。

「嗯，按照妳的想法去做即可。這件事就全權委任給妳……」

「那邊則是特別展示室，請師父大人也來參觀一下。」

被人這麼一說，再怎麼說也得進去瞧瞧，於是我跟在哈爾卡拉的身後往前走。

哈爾卡拉
製藥的歷史

本博物館由哈爾卡拉製藥公司建造而成，接下來是關於敝公司的介紹。

居然還有介紹公司的專區！

而且掛了一幅哈爾卡拉英氣勃勃的肖像畫，真虧她想得出這種鬼點子……

「如何？畫得還不錯吧。看起來頗有威嚴的。」

「嗯……這幅畫確實是很好看……」

既然是她公司出的錢，我也不便多說什麼。畢竟這麼做並沒有任何不妥的地方。

不過，法露法在看見這幅畫後，困惑地歪過頭去。

「小法露，妳是覺得哪裡有問題嗎？」

「哈爾卡拉小姐，看著這幅畫……總覺得妳好像已經過世了……」

「不會吧！我除了會因為喝酒而暫時失去意識以外，一直都很健康地活在世上喔！」

「既然妳都知道自己會喝酒喝到失去意識，那就好歹節制點嘛！要不然會有害健康啦！」

想想我難得像這樣以師父的身分訓斥哈爾卡拉。

附帶一提，哈爾卡拉製藥博物館的門票是五百金幣。

與惡靈一同前往靈異地點

She continued destroy slime for 300 years

這天，我第一次來到南方的城鎮。

此處距離赫赫有名的惡靈國度沙沙．沙沙王國比較近（以我居住的地點而言）。順帶一提，萊卡送我過來之後，因為還有事得處理，繼續朝著其他山上飛去。

我和其他幽靈們一起來這裡散步。

羅莎莉與小穆就走在我的前面。

不過羅莎莉目前處於常人看不見的狀態，因此旁人就只會看見小穆獨自一人走著。

「相較於過去，小穆的動作變得正常多了。」

小穆憑自己的力量挪動身體似乎非常費力，但透過古代魔法來操控就會輕鬆許多。

我個人認為既然這樣的話，乾脆從頭到尾全仰賴魔法就好，本人卻表示不靠自己的力量是不行的。由於這樣的堅持太過特殊，令我難以產生共鳴。

「對呀，比方說陛下以前走路時，在腳還沒落地之前，就已經抬起另外一隻腳，這部分倒是有改進許多。」

飄在我旁邊的娜娜・娜娜小姐如此附和。一般人同樣看不見她。

「按照妳的說法，等於是兩隻腳都不在地上囉……」

「調整魔法的這部分可是相當麻煩，於是陛下表示乾脆靠自己的力量步行。而這也是陛下即使再累，仍堅持步行的契機。因為最近調整得很順利，走路的姿勢才不再那麼詭異。」

這情況就跟不知該如何輸入簡訊，於是改用手寫傳遞訊息沒兩樣。

對了——走在前面的兩人在聊什麼？

我豎起耳朵聆聽來自前方的聲音。

「這附近的惡靈不多耶。」

根據羅莎莉的觀察似乎是如此。

「畢竟這個城鎮很和平。既然鮮少鬧出駭人聽聞的血案，也就不容易產生惡靈。若是惡靈增加的話，感覺上會比較有趣呢～」

別向老天爺祈求發生駭人聽聞的血案啦。

「不過小穆啊，就算同為惡靈也還是有百百種。諸如對於任何生者都會作祟的惡劣惡靈，或是扭扭捏捏不敢做壞事的膽小惡靈。」

原來如此……有些惡靈是宛如不良學生那樣確實會四處為非作歹的類型，也有難以融入團體生活不善交際的類型。

「另外還有抱持過恨意，結果在放下仇恨以後，不覺得自己曾經胡作非為過一陣子的傢伙。以廣義來說，我就屬於這種類型。」

由於羅莎莉平時的措辭就有點像是小太妹，因此可以理解她的說法。

縱使當真化成惡靈，也會因人而異。

不過我這個人比較膽小，基本上並不想遭遇惡靈或靈異體驗……

相信有人會想吐槽說我都已經和羅莎莉住在一起，而且現在還與惡靈國度的國王跟大臣走在一塊，但有交情又得另當別論。畢竟在結識之後，甚至與對方產生交流時，想要心生恐懼都有困難。

「這城鎮看起來挺平靜的。」

娜娜．娜娜小姐給出上述評語。

「對了，娜娜．娜娜小姐妳們不曾來過人類的城鎮對吧。」

「是的，因為大多數的惡靈是無法離開自己所處的地方。」

娜娜．娜娜小姐點頭肯定。

「我現在是運用特殊的古代魔法強行四處移動。這是參考自魔族那邊的魔法。」

「啊，原來魔族的魔法還能促使古代魔法更加進步呀！」

我曾多次看見魔族利用古代魔法發出類似低音號的聲音，或是產生畫面之類的，沒想到還能夠逆向操作。

「此魔法還在測試階段，一旦成功以後，惡靈就可以在國內四處移動了。」

「單純按照妳的形容，總覺得實現之後會挺嚇人的耶……」

聽起來像是只要全球化就不成問題的感覺。

「話說回來，生者的城鎮真叫人好奇呢。」

儘管娜娜・娜娜小姐的表情相當冷漠，但她平常就是這種表情，看來本人對此感觸頗深的。

或許她其實也想前往各處旅行吧。

「大家都忘了終有一天得回歸塵土，就這麼天真地開心生活的部分，讓人覺得特別溫馨。」

「就算其他人聽不見妳的聲音，說話時還是要注意措辭喔！」

我吐槽時也刻意壓低音量，要不然很像是對著空氣說話的怪胎。

「嗯～現在的文明似乎沒怎麼進步，感覺上隨時都能輕鬆毀滅。」

「娜娜・娜娜小姐，總覺得妳很容易引發國際問題，請妳還是別實體化吧……」

畢竟她說起話來總是面不改色，讓人無法肯定是否在說笑的部分當真很可怕。更何況就算是想搞笑，以大臣的立場說出這種話也容易惹出風波。

還是羅莎莉和小穆交談的內容比較和平。
我繼續聆聽兩人的對話。
「不過說起這個城鎮……一路上除了活人還是活人……活人未免也太多了吧。怎麼不多死一點人嘛！」
這吐槽也太蠻不講理了吧！
「啊、那邊的老先生差不多快嗝屁了。他的臉上已出現死相。」
這兩人的話題一點都不和平！我完全不想聽！
就在這時，小穆忽然停下腳步。
她似乎是突然止步，呈現出向前傾斜的模樣。
不過那模樣與其說是止步，更像是緊急煞車。
「妳怎麼了？小穆，難道有惡靈嗎？」
「不是的，而是有一間在我們活著的那個年代裡不曾有過的店家。」

在小穆眼前的那棟建築是此城鎮的冒險者公會。
由於死者王國裡沒有公會，因此她很好奇是個怎樣的設施吧。
對了，冒險者公會是從哪個時代出現的……？雖然出現在這個世界裡不會讓人覺得哪裡奇怪，不過實際上的營運方式倒是謎團重重。
「那就由我來說明給妳聽。俗話說時間寶貴，生命有限，我們趕快進去吧。」
「啊，那還真是感激不盡，我們快出發吧～」
走在前方的兩人進入公會裡。
莫名有種會惹出麻煩的不祥預感……我與娜娜．娜娜小姐也跟了上去。
裡面有許多臂膀粗壯，一看就很像是冒險者的人們。
總覺得此處的女性比例偏低，導致我特別醒目……算了，魔法師也不是什麼罕見的職業，沒什麼好介意的。
「喔～這裡也有好多活人耶～」
「雖說大家都充滿活力，但有不少傢伙看起來很容易與人發生衝突，長得一副急著找死的樣子。」
她們的對話還是老樣子這麼獨特……
「喔、有人手上拿著寶石耶。」
「那是透過打倒魔物取得的魔法石，可以拿去換錢。」
「嗯～所以是生者互相殘殺啊。明明自己有朝一日也會沒命呀。」
活人的常識果然不能套用在她們身上……
「那個告示板是做什麼用的？」

「啊～上頭會張貼各種委託公告。諸如打倒為非作歹的魔物、幫忙尋找走失的狗等等。」

羅莎莉似乎變得對公會非常了解。

自從她結識小穆以後，感覺上有所成長。真是一件值得慶幸的事情。

「嗯？居然還有這種委託。」

小穆狀似對某件委託頗有興趣。

我看看喔。對惡靈來說，有什麼事令他們如此好奇呢？

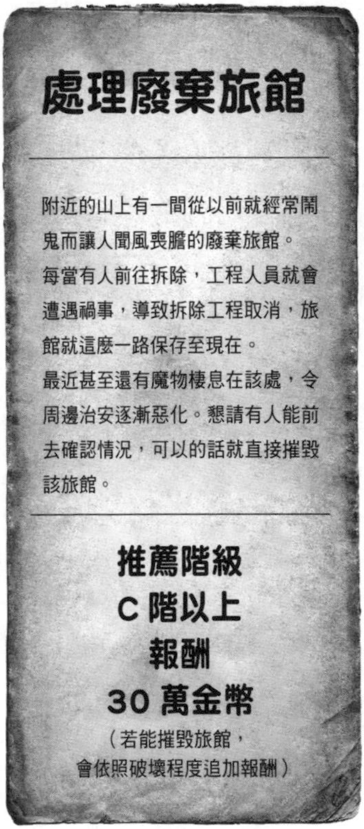

處理廢棄旅館

附近的山上有一間從以前就經常鬧鬼而讓人聞風喪膽的廢棄旅館。
每當有人前往拆除，工程人員就會遭遇禍事，導致拆除工程取消，旅館就這麼一路保存至現在。
最近甚至還有魔物棲息在該處，令周邊治安逐漸惡化。懇請有人能前去確認情況，可以的話就直接摧毀該旅館。

推薦階級
C 階以上
報酬
30 萬金幣
（若能摧毀旅館，
會依照破壞程度追加報酬）

一看就像是與惡靈有關！

也難怪惡靈會感興趣。

不過以冒險者公會的委託而言，這算得上是挺正當的工作吧。

基於地點的緣故，似乎還有魔物棲息在那裡，這情況的確得交由冒險者來處理。

從旁經過的冒險者們恰好正在討論這個委託。

「那間廢棄旅館的委託又出現了。你去挑戰看看啦。」

「我不要……畢竟我不擅長應付那樣的鬼故事……」

即便身為冒險者，依然有些人接受不了跟靈異有關的事情。我完全能夠體會。

話雖如此，這些人似乎沒發現這裡來了不少惡靈，表示他們的通靈能力不怎麼樣。

此時，其中一人穿過娜娜・娜娜小姐的身體。

「唔！莫名感受到一股惡寒！」

那位冒險者忍不住用雙手環抱住自己的臂膀。

「喂喂，難道你想表示光是聊起這個委託就會受到詛咒嗎？」

「不是啦，總覺得這附近好像怪怪的……經過這裡就有一股涼意……」

兩人指著娜娜・娜娜小姐所在的位置討論……

下一刻，娜娜・娜娜小姐穿過另一名冒險者的身體。

「咦……？我也感受到一陣惡寒喔……？」

「對吧？這位置好像有問題。我總覺得毛毛的，快離開這裡吧……」

兩位冒險者逃命似地離開現場。反正他們看起來也不怎麼厲害，光是沒有逞強跑去探索廢棄旅館也算是好事一樁。

另一方面，娜娜．娜娜小姐像在沉思般低下頭去。

「穿過人類的身體時，似乎能讓對方產生惡寒。這個新情報很有參考價值。」

「拜託妳不要四處嚇人喔……」

因為她是做起事來會抱持惡意的那種人，得多加注意才行。

羅莎莉和小穆則是繼續看著那張委託。

「嗯～這委託看起來挺有意思的。」

沒想到惡靈居然會對靈異地點感興趣。也許正因為是惡靈，才會特別感興趣吧。

不過，小穆對於此事的反應並非只是點到為止。

「好，我們就去這間廢棄旅館看看，藉此來打發時間吧！」

咦？去看看？

「就這麼辦吧。假如這個惡靈喜歡惹事的話，好歹可以去警告一下。」

羅莎莉似乎也全面同意這項提議。

因為她曾經是地縛靈，所以對此挺在意的吧。

「如果是不希望別人來毀了自己的安身之處倒還說得過去，但要是經常加害他人的話就有點太超過了，得設法制止他才行。畢竟有些惡靈是稍微規勸一下就會願意停手了。」

嗯，我能理解這種想法。畢竟曾經誤入歧途的人，很樂意協助有著相同遭遇的人改過自新。

可是……讓她們單獨前往挺令人不安的。

難保到時發生萬一，我應該以監護人的身分陪同前往吧……因為目前還無法肯定是惡靈所為。

不過感覺挺嚇人的。前去探索廢棄旅館這種事，我可是敬謝不敏。

——就在這時，肩膀傳來一陣惡寒！

「呀嗚！」

是娜娜・娜娜小姐將手搭在我的肩上。

「啊，妳的肌膚真敏感。」

「妳別來添亂啦！另外肌膚敏感一詞不能用在這種情況上！」

明明旁人看不見娜娜・娜娜小姐，我卻忍不住大聲吐槽她，結果被附近的人當成哪來的神經病。其實我也是受害者耶。

「亞梓莎小姐，陛下似乎打算前往廢棄旅館，不好意思能請妳擔任護衛一同前往嗎？光靠我一人難保還是會發生意外。」

既然有求於人，就別在事前這樣捉弄人啦。

可是，這情況我也不便拒絕。

「好吧，我也和妳們一起去……」

當我們向之後前來會合的萊卡提起是否要一起前往廢棄旅館——

「我對這種事情實在是有點……」

結果被她拒絕了。

果然一個人的實力高低與是否怕鬼，終究不能混為一談。

若要與萊卡單挑，或許不斷說鬼故事會挺有利的。

實際上是開始講鬼故事之前，恐怕就被萊卡噴出的火焰烤焦了……

◇

時間來到草木皆已沉睡的深夜。

按照桑朵菈的說法，這時候似乎大部分的草木都已入睡，因此這樣的形容算是相當貼切。

包含我在內，加上三名惡靈共計四人，就這麼站在傳聞中的廢棄旅館．『巴薩德山觀光旅館』前面。

「——呃，為何特地選在大半夜跑來啊!?」

明明白天過來就好啦！沒必要專挑這種可怕的時段跑來嘛！

「因為惡靈都是深夜才會出沒。」

出現在眼前的娜娜．娜娜小姐，唯獨臉上散發出微弱的亮光。

「要命咧！妳做什麼啦!?」

「這是古代魔法。畢竟晚上總要些許光源才方便探索。」

感覺上她的這個魔法百分之百是故意想要嚇我。

「亞姊，如果這裡當真有惡靈存在的話，絕大多數都只會在晚上出沒，所以更容易找到目標，因此這時候前來才是最好的選擇。」

羅莎莉說得不像是想故意嚇人，應該可以相信才對。

「是啊是啊，惡靈大多是夜行性的。真要說來，是夜貓族的靈魂比較容易留存於世上。理由是夜貓族的生活比較不健康，這種人也就容易心存不滿。」

幽靈之所以容易在晚上出沒，原因就出在當事人是屬於夜貓族或維持規律生活嗎？

「我明白挑選晚上過來的理由了。但問題是基本上只有我一人被迫體驗這種夜訪靈異地點的試膽大會。」

畢竟除了我以外，其他人都是惡靈啊……

這間廢棄旅館倒是很有氣氛，入口處的大門因為其中一個鉸鍊已經受損，導致門板就這麼垂掛著，任由他人擅闖其中。

「話說我們並未接受公會的委託就擅自跑來，實際上算是私闖民宅吧……？」

我站在那扇破破爛爛的大門前說出感想。至少在前世的日本裡，擅闖廢墟都屬於違法行為。

「亞姊妳大可放心，因為屋主已經往生，誰想進去都沒問題。」

羅莎莉隨即回答我的問題。

「啊、那就好。不過真虧妳這麼清楚耶，羅莎莉。」

「畢竟屋主就在這裡呀，我一問便知。」

「咦？但妳不是說屋主已經過世了嗎……？」

羅莎莉指向門邊的牆壁。

該處有一塊汙漬。

這是一棟早已廢棄的旅館，自然是無人清理，原則上沒什麼好大驚小怪的——

各位觀眾可有看見嗎？

那個汙漬看起來就像一張人臉！

「那是經營不善導致旅館倒閉，因生活過於困苦而死的屋主怨靈，有看到嗎？」

「呀——！還想說那汙漬很像一張人臉，結果還真的是鬼！」

「啊、亞姊，那只是一般的汙漬，再往旁邊一點才是屋主。」

「什麼嘛～是我搞錯啦——少來，到頭來還是有惡靈在這裡呀！這跟真的撞鬼有啥區別！害我白白鬆了一口氣！」

而且還沒進屋就已經撞鬼了，總覺得讓人難以接受。未免也太早出現了吧。若以電影來比喻的話，等於是開演三分鐘就進入劇情的高潮了。

當然對我來說，我是希望現在這情況就是最嚇人的部分……

「喔～還真是不得了耶。」

小穆不知為何朝著我鼓掌。

「亞梓莎，妳的吐槽很來勁喔。看來妳真的有所成長了，吐槽變得很有意思。」

「別在靈異地點讚美我很會吐槽啦！」
與現場氣氛也太格格不入了吧。
「看大家聊得如此盡興真是太好了。感覺上就像一群笨蛋那樣和樂融融。」
娜娜・娜娜小姐說的話果然都充滿惡意……
「亞姊，屋主說有惡靈強占這間旅館，著實令他相當困擾。」
「原來如此。咦……？這句話好像怪怪的耶……？」
總覺得與我原先的想像出入很大。
「說起對廢棄旅館依依不捨的靈魂，理當是屋主才對，結果竟有其他靈魂占領這間旅館嗎？」
「我再仔細問問看。」
羅莎莉將目光飄向空無一人的地方。想來屋主的靈魂就在那裡吧。
「啊～還真是苦了你。嗯～這就是所謂的因果，沒有任何人情道義。這樣確實會讓人死不瞑目，早已哭乾的雙眼流不出淚來。不過，這種時候如何鑽牛角尖也無濟於事。這件事就交給我們來處理。安啦，即使身體早已腐爛，但是心靈並沒有跟著墮落。」
這措辭莫名像是哪來的江湖好漢。
小穆與娜娜・娜娜小姐似乎也能聽見屋主的聲音，不時在旁跟著點頭。

事到如今，我跟來這裡好像一點意義也沒有。偏偏我算是大家的監護人，不得不一起前來。

「亞姊，這間旅館自從倒閉之後，就成了頗出名的靈異地點。」

「嗯，這部分我是知道。畢竟屋主的靈魂也在這裡。」

「之後有人來這裡試膽時不慎意外身亡，這傢伙基於『早知道就不來靈異地點探險了……我不甘心……』的悔恨化成了惡靈，導致工程人員無法拆除這棟屋子。」

「這是哪門子的假戲真做啊！」

罪魁禍首竟然是跑來試膽而死的傢伙。

「其實屋主早就想開了，卻又牽掛著這棟尚未拆除的旅館，才令他無法升天，因此他也希望旅館能早日夷為平地。」

還真是徹底出乎我的意料之外，原來逗留在此的幽靈也希望屋子可以及早拆除。

「對了，這間旅館為何會倒閉呢？」

小穆如此詢問屋主。

我們才剛來到入口，整起事件的謎團就已接連得到答案。

不過，這間旅館倒閉了是無可撼動的事實。

難道早在當時就發生了什麼問題嗎……？

「啊～因為價格昂貴卻服務很差，最終乏人問津而倒閉了。」

完完全全就是自作自受！

「由於招攬不到客人，為了獲利就抬高價錢，並且壓低員工的薪水，因此打造出一間要價高昂卻服務劣質的旅館，後來就再也沒有客人上門導致生意蕭條。簡直就是惡性循環。」

單純是屋主不會做生意嘛！

「經商失敗到這種地步，也難怪會自我厭惡到化為地縛靈。完全只能用笨蛋二字來形容。」

先撇開娜娜．娜娜小姐的毒舌不提，她想表達的意思並無不妥。

「當初應該採取更有前瞻性的經營方式，也就不會造就出這樣的靈異地點了。」

「亞梓莎小姐，倘若當事人很有前瞻性，早在自殺前就會想出解決之道了。正所謂江山易改，本性難移。」

「依照娜娜．娜娜小姐妳這樣的行事風格，挺擔心妳哪天會被惡靈纏上。」

「儘管來龍去脈有些複雜，但我相信進入屋內很快就能得到答案。別老是待在這裡，快點進去吧。」

能看見娜娜．娜娜小姐只把頭部穿過入口的門板。因為這畫面很像是遭到斬首，希望她別維持這種詭異的姿勢。

「好，出發吧。不知會遇見怎樣的惡靈耶？」

小穆一腳把門踹開，大搖大擺地走進去。
沒辦法！我也跟著一起去吧！

但在進門的瞬間——
「嗚哇！這是什麼!?」
是小穆發出驚呼！話說我們才剛來到這裡，未免也遭遇太多事件了吧！
「小穆，發生什麼事了？」
「有一大坨的蜘蛛網沾在我臉上！」
「驚嚇的種類也差太多了吧！」
能看見小穆的臉上沾著蜘蛛網。
「活該，陛下。您沒事吧？陛下。」
「別把心底話跟場面話一起說出來啦！只說場面話就好！」
因為娜娜・娜娜小姐對小穆真的很不禮貌，害我差點忘了小穆其實是一名國王。
「嗯～擁有肉體還真是辛苦呢，光是區區蜘蛛網就讓您叫苦連天。來，為了避免亞梓莎小姐碰到蜘蛛網，請陛下趕緊幫忙開路吧。」
「好啦好啦！我知道了！別一直催人家啦！」
小穆拾起一根木棍，用它來清除沿途的蜘蛛網往前走。看她的樣子與其說是用手拿起木棍，不如說是讓木棍飄在半空中，然後撞向一路上的蜘蛛網。

我和羅莎莉則是跟在後面。

「莫名覺得好像沒那麼可怕了……」

惡靈王與其大臣，謝謝妳們。

老實說光是帶著惡靈們前來靈異地點，就已經讓整件事都亂了套，但我決定不去深究這個問題。

「亞姊，雖說沒那麼可怕，我卻能感受到有一群邪惡的傢伙聚集在這裡。」

「這樣啊，看來這裡是名副其實的靈異地點……」

希望那群惡靈跟屋主一樣有辦法溝通……

一樓很有鬼屋的氣氛，但我們已經來到位於深處的階梯旁。

「老實說人家沒啥把握，不過它們好像就聚在樓上。」

說話時以「沒啥把握」為開頭，會讓人不知是否能夠相信，希望她可以將這種說話習慣改掉。

「對耶，我也感受到一股寒意……」

從階梯底下抬頭仰望，只見朦朧的月光從破掉的窗戶灑落下來，營造出一種詭譎的氣氛。

這種時候就算沒撞見惡靈，也還是會令人覺得很恐怖。
「是啊，惡靈和類似的存在不斷散發出『別過來』的氣息。」
「數量比想像中還要多。難道這裡曾發生過集體死亡事件？」
娜娜・娜娜小姐與羅莎莉都感受到有惡靈就在前方。
既然三位惡靈都表示前面有東西，那就絕對錯不了啦。
我不禁雙腿發抖。
「討厭……真不想去……」
早知道我就和萊卡一樣婉拒邀請，推派芙拉托緹來代班算了。依照芙拉托緹的個性，應該不怕這些鬼怪才對。
要不然就是委託事後肯定會找我抱怨的別西卜來攻略這裡。看在別西卜的眼裡，惡靈就只是已經過世的人類罷了。
「亞梓莎，妳明明那麼厲害，居然如此膽小。」
「我也沒辦法呀，實力與膽量終究是兩碼子事。」
就算在森林裡遭遇野豬或野狼都不會有危險，可是惡靈就很令人傷腦筋了。
「老實說人家沒啥把握，但這裡就放心交給人家處理吧！」
「既然都說交給妳了，就別劈頭加上『沒啥把握』這句話來推卸責任啦！」
話雖如此，小穆還是邁開步伐沿著階梯往上走。

就在這時——從裂開的窗戶颳來一陣強風！
這也是惡靈對我們下逐客令而產生的異象吧。
不光如此。
當小穆走至樓梯的轉角處時——
掛於天花板上的吊燈忽然掉落下來！
鏘鋃——！
「嗚哇～～！哇～～！」
我嚇得遮住雙眼。
即便明知小穆不會就這麼死去（畢竟她打從一開始就是死人），我的內心還是七上八下。
「亞姊，這沒什麼好怕的，只是惡靈造成的強風罷了。」
「那還是很可怕啊！完全安慰不了人啦！」
這種時候我情願妳謊稱那只是不值一提的自然現象。
「話說動用物理攻擊，我就無法苟同了。像這樣真的讓人遭遇危險等同於犯規喔。」
娜娜・娜娜小姐以奇妙的論調大肆抱怨。當然我也並非無法理解她想表達的意思。

「算了，反正物理攻擊沒鬧出人命就無傷大雅。亞梓莎小姐不要緊吧？記得妳的腦袋瓜比鑽石還硬吧？可說是鐵頭魔物對吧？」

「妳說誰是鐵頭魔物啊。就算沒對我們造成傷害，還是會讓人不開心吧……？說穿了我們正遭受攻擊喔。」

由於成員都異於常人，因此即使令人害怕，卻又有種搞笑的感覺。另外自己被娜娜‧娜娜小姐大肆數落一番，也令我感到有些惱怒。

「喂～小穆，妳還好吧？瞧妳被吊燈砸個正著。」

羅莎莉開口關心小穆。對耶，她還倒在地上尚未起身。

「我是不要緊，卻因為突如其來的攻擊導致肉體受創。這群傢伙竟敢使出這種爛招。看我到時對他們的屁眼施咒，就此嘗嘗唇齒打顫的滋味。」

小穆終於從地上爬了起來。

但她起身後，看起來似乎矮了一截。

總覺得哪裡怪怪的……

「人家先下樓梯跟妳們會合。」

小穆隨即走向我們。

偏偏她是呈現下腰的姿勢，雙手就這麼撐在地板上，只扭動脖子把臉對準我們……

移動方式就像是一隻巨型蜘蛛……

「呀——！妳這樣看起來好可怕！麻煩妳用雙腿站好再走過來啦！」

這是哪門子的惡夢啊！

「陛下，您這副模樣十分噁心，當真是噁心透頂，請讓身體恢復原樣之後再來找我們。」

既然看在娜娜·娜娜小姐的眼裡同樣覺得大有問題，這模樣肯定是有礙觀瞻。

「咦？啊、真的耶。人家原以為自己是用雙腳在走路，結果居然是透過雙手來移動……大概是身體被吊燈砸中造成錯誤動作吧。」

小穆悠哉地如此說著，偏偏仍繼續朝我們接近。

「暫停！妳先停下動作！等妳原地復活後再過來！妳那副模樣看得我頭皮發麻！」

「喂，亞梓莎，妳這麼說太沒禮貌囉！人家今天出門時可是有化妝喔！應該比平常更可愛才對！」

「妳現在的樣子與可愛二字是八竿子打不著！根本就是一頭魔物！」

「妳說什麼!?吐槽和毒舌不能相提並論喔！妳這樣嫌棄可是會令人家很傷心的！」

那個，問題是妳也害我看見了幾乎能造成心理創傷的畫面啊！

「喂，小穆。」

此時，羅莎莉以冷靜的口吻提醒說：

「走廊那邊有一面鏡子，妳先去照照看。」
「怎樣啦？我是有看起來那麼奇怪嗎？」
小穆隨著羅莎莉返回一樓走廊。
幾秒後——

「噁心死了！」

突然傳來這聲慘叫。
嗯，很可怕對吧？很詭異對吧？
「四肢扭曲過頭了吧！這是哪來的章魚啊！」
拜關西腔所賜，恐怖的氣氛緩和了許多。謝啦，關西腔。
一段時間後，身體終於復原的小穆走了過來。
「亞梓莎，不好意思啊，人家剛才看起來真的很噁爛。就算想嚇人也該有所節制耶～」
「嗯，妳能理解真是太好了。」
「雖然人家沒啥把握，不過之後會多注意的。」
「這種時候就該說有把握啦。」

截至目前為止，害我嚇出一身冷汗的都是這群隊友。

◇

我們終於來到二樓。

由於難保會再次遭遇吊燈落下等物理攻擊，為了以防萬一，我們有特別注意牆壁和天花板的變化，幸好最後並沒有出狀況。

——不過抵達二樓的瞬間，一股比之前更不舒服的感覺襲向我。

「這就叫做不祥的預感嗎？可以感受到堅持繼續前進的話，就會碰上不好的事情……」

「亞姊也有感受到啊。不難看出對方擁有強烈的怨念，而且數量還不少。」

沒想到靈異地點竟比一般迷宮還要棘手。

二樓走廊看起來遠比一樓更荒廢。

隨處都能看見破洞，彷彿是有人用腳踢破的。

「這不像是有野生動物或魔物棲息在此，反而像是人為造成的……」

能看出走在前面的小穆和娜娜・娜娜小姐都小心翼翼地踩穩步伐，因此我也跟著放慢腳步。

小穆逐一推開每個房間的門，確認內部的情況。

「這個房間也沒有異狀。就只是很髒罷了。」

我自然是緊貼在羅莎莉的身後走著。我無法理解為何有人會喜歡跑來這種地方。單就這點而言，我這輩子恐怕都想不明白。

我也稍稍探頭觀察房間內部。嗯，只是內部徹底荒廢的房間。不可能會發現滿身是血的屍體倒在裡面。倘若真有屍體，就是一般的社會案件了。

「沒那回事，陛下，房間內似乎有東西。」

娜娜・娜娜小姐說出令人發毛的話語。

「啥？明明什麼都沒有啊。身為惡靈的人家都已經走進房間了，其他惡靈是無所遁形。」

「並非靈體之類的存在。我能隱約聽見呼吸聲。」

所以是魔物囉。既然是魔物，眼下的情況管他是啥都行。

「聲音來自那張床底下。」

偏偏躲在那種就是想來嚇人的地方！

「咦？那該怎麼辦……？若是手持斧頭的人該如何是好……？」

我想摟住羅莎莉，卻直接穿過她的身體。

現場能抱的人就只有小穆，想找個東西壯膽還真是頗有難度。早知道會碰上這種情形，我就帶個抱枕過來了。

「假如是手持斧頭的人，哪有辦法躲在那種充滿灰塵的地方嘛。」

這種時候，反倒是惡靈的觀點更貼近現實。

如此一來，會是什麼東西躲在床底下呢……？

下個瞬間，有東西從床底下竄出來！

體型很小，難不成是小型魔物？

「喵～喵～」

是野貓!?儘管分不清是什麼品種，總覺得比我在弗拉塔村看到的體型更大。那隻貓科動物開始磨蹭小穆的身體。

「喔、什麼嘛，是個可愛的小傢伙。瞧你將來有機會成為一頭帥氣的老虎。」

小穆也疼愛地撫摸那隻貓科動物。

緊張的氣氛瞬間緩和下來。同樣看著那隻動物的我，不由自主地露出笑容。想想動物真的很能撫慰人心。

「話說這個小傢伙是老虎嗎？看牠的毛色不像是老虎耶……」

「因為陛下最喜歡老虎了。」
我看小穆根本是關西人吧？
不過我也伸出手撫摸這隻貓科動物。
床底下似乎就是牠的窩。還能看見原本在床鋪或椅子上的毛料被牠拿來築巢。
像這樣待在廢棄旅館裡不僅能夠遮風避雨，甚至可以躲避外敵，算是相當不錯的生活環境。不過想蒐集食物就得離開旅館，這部分應該會挺麻煩的。
「喵～」小傢伙輕輕發出叫聲，隨即跳到我的大腿上。
「啊～好可愛，真是太可愛了♪真想就這麼打包帶走呢♪」
「妳別趁亂把牠抱回家啊。」
被小穆看穿了。
為啥我得可悲到與這隻貓科動物道別，不得不繼續這趟靈異地點之旅嘛。
大家似乎還想繼續探索，我也只能乖乖跟上。畢竟一個人待在這裡反而更可怕。
雖然很想帶這隻貓科動物一塊去，但無奈有可能會再次發生類似吊燈墜落的危險狀況，因此還是把牠留在這裡比較好。
「這座旅館也不大，是時候該抵達敵方的大本營了。」
「我也這麼認為，當然我並不想前往那種地方……」

隨著我們往前走，令人頭皮發麻的感覺是更加強烈了。

並非是我擁有過人的通靈能力，而是這片空間可怕到就連平凡人都能感受出來。

小穆指著其中一個房間。

「那裡的感覺最強烈。有東西在裡面。」

「啊~真的耶，裡頭似乎死了不少人。」

羅莎莉也立刻支持這個說法。

「咦？這種事都看得出來嗎？」

「亞姊感覺不出來嗎？那些人似乎都是含怨而死。」

表示這裡是千真萬確的凶宅囉。

「那個，我還是先待在走廊上就好——」

「那人家開門囉。打擾啦~若是覺得打擾的話就快滾~既然不打擾就進來囉~」

小穆完全沒理會我，逕自把門推開。

唉唷！既然都已經走到這裡了，我豈能不把事情搞清楚就回去嘛！

我站在走廊上窺視房間內部。

該處與先前的房間是截然不同。

簡言之，就是牆壁和地板上寫滿文字。

錯、錯不了的，這、這是……

黑騎士團來也！
柏德郡最狂男子！
第七代總長
根棒的賽宗
暴衝馬車・愚狼組合

「根本是地痞流氓的聚集地嘛！」

對方肯定是一群地痞流氓。即使跟日本的地痞流氓在價值觀上稍有出入，不過說穿了是十分相似。看來無論是哪個世界的地痞流氓，行徑都是半斤八兩。

但這裡並非尋常流氓的聚集地。

有多個狀似黑霧的東西映入我的眼簾。

而且明顯有別於夜幕產生的黑暗。

難不成那些就是惡靈？

「都給我……滾……」

啊、是說話聲。錯不了，這個房間的確鬧鬼了。

我先遠離這個房間吧！好可怕！嚇死人啦！

「喂，那是哪門子的鬼話啊！」

正想說還有其他大嗓門的流氓惡靈——

結果是羅莎莉發出的嬌斥。

「我不清楚這裡是誰的地盤！不過你們做得太超過了！更何況這棟旅館也不是你們的！你們想賴在這裡是可以，但有人來拆除的話就得乖乖接受！要是你們繼續囂張下去的話，休怪我們不客氣喔！」

羅莎莉擺明就是當面與對方開嗆。

眼下的情況理當是惡靈對抗惡靈，卻不知為何更像是太妹大戰流氓。

「好啊，正合我意。那就跟我到外面去解決！咦？你們離不開這個房間？別開玩笑喔！快給我滾出來！因為是地縛靈所以出不去？你們是瞧不起人嗎？」

「那個，我覺得它們是真的出不去喔！」

不過，情況似乎一發不可收拾。

最終演變成羅莎莉與一群惡靈展開對決（？）。

儘管對手是惡靈，但我相信她不會真的受到傷害，接下來會發生什麼事呢……？

「真可怕耶。我指的不是惡靈，而是措辭。」

娜娜・娜娜小姐說出自己的感受。

「希望它們說話時可以稍微留點口德。諸如『請嘗嘗敝人將您打飛出去的感覺』。」

「我只覺得這像是哪來的鬧劇耶。」

至少我這輩子還沒見過，有誰會將把人揍飛這句話改用敬語的方式說出來。

「是嗎？喝醉酒的王族都會用這類神聖王國語互嗆喔。」

「所以大家才覺得王族很可怕，陛下。」

「由於神聖王國語很有草根味，因此容易爆發口角。就像是『奉勸你別看扁人喔！』、『想開扁嗎!?來啊！』，沒說幾句就起爭議了。」

感覺上即使沒有外來因素，古代文明終究還是會毀滅耶……

「小穆，羅莎莉她不要緊嗎……？」

若是碰上來除靈的神官會很令人傷腦筋，可是這對我來說並不難，問題是現在兩方皆為惡靈，害我搞不太清楚狀況。

小穆伸出一隻手，制止我繼續往前走。

「別緊張，對手就是一般的惡靈，只不過能對凡人下詛咒罷了。」

「瞧妳說得好像對手是人畜無害，其實會危害到他人吧。」

「但它們無法傷害人家或妳。到時只需說服它們別去詛咒尋常百姓就好。」

小穆看起來頗有王者風範，臉上掛著一個大度的笑容。就算大敵當前，她也並未放在心上。

仔細想想，小穆就只是來參觀靈異地點，此事與她沒有任何利害關係吧……？

另外，羅莎莉一直瞪著應該是惡靈們所處的位置。

「想開扁嗎？好膽麥造啊！一群給臉不要臉的傢伙！少給我在那邊五四三！」

她又換成這種很有鄉土味的口音了！

但要是她字正腔圓地跟人說「小女子決定與您切磋一下，還請您多多指教」諸如此類的發言，根本是給現場潑一桶冷水，當人情緒激昂時，這類臺詞也許有助於讓人冷靜。

「喔啦喔啦喔啦！喔啦～喔啦喔啦喔啦！喔啦喔啦喔啦喔啦！」

羅莎莉不停重複喔啦喔啦這兩個字。嗯，這種時候避免被對手瞧不起是挺重要的吧。

雖然我聽不見，不過我相信那群惡靈肯定也說著類似的話語。

「喔啦喔啦喔啦喔啦喔啦！喔啦喔啦啦，啦喔啦喔啦喔啦喔！」

「羅莎莉，妳講到一半變成啦喔了！」

儘管都算是狀聲詞，卻把現場氣氛全毀了！

這時，羅莎莉大驚失色地扭過頭來。

「小穆！有另一幫傢伙去找妳了！」

咦!?

想想是我們太大意了。

既然這整棟廢棄旅館本來就是惡靈們的大本營，自然會碰上遭人前後夾擊的情形。

可是當我回頭時——

娜娜．娜娜小姐用右腳踩住另一個半透明的東西。

「真是遲鈍又軟弱的攻擊。奉勸你重生後再死一次會比較好。」

娜娜．娜娜小姐一臉傻眼地數落著對手。

對手留了個莫霍克髮型，應該是哪來的流氓，外加上身形呈現半透明，想來是惡靈吧。

「安啦，羅莎莉。這點程度的傢伙，人家三兩下就能擺平了。」

小穆面前飄著一名半透明的男子。

大概是對手遭受攻擊的關係，我才能夠隱約看見他們的形體。

「既然對方想動手，我就稍微攻擊一下他們的靈體。這麼一來，他們三兩下就會昏過去了。」

「幸好此人已經死了。畢竟他竟想加害陛下，倘若還活著的話就得處以極刑。」

娜娜・娜娜小姐雙手環胸，繼續用腳踩住惡靈的臉，並且不停轉動腳跟。

我原先就覺得她有施虐狂的傾向，看樣子真被我猜中了……

「那個，小穆妳們在惡靈之中屬於相當厲害的狠角色嗎？」

因為我從未看過惡靈之間的戰鬥，所以對此是一無所知，雙方在實力上似乎是不同級次。

「誰叫我們當了很長一段時間的惡靈，對抗惡靈的手段萬無一失。」

小穆信心滿滿地說著。無論是哪種族群，都存在著所謂的強弱差距。

「這年頭的惡靈還真沒用耶。羅莎莉，妳也露一手來瞧瞧。」

話雖如此，羅莎莉就只是一般人，真要說來是一般惡靈，理當不具備能把其他惡靈打趴的技巧。

實際上她也只是不停說著喔啦喔啦跟啦喔啦喔，似乎遲遲無法與對手分出勝負。

不過，戰鬥就在猝不及防的情況下落幕了。

「喵～喵～」

一隻貓科動物闖入房間。

我原本想吐槽說，別附在動物身上跑來鬧場，但最終是我想太多了。

反倒是先前那種毛骨悚然的感覺迅速減弱。

「啊~原來你們也喜歡動物啊。啥？啊~原來如此。嗯，也對。嗯，嗯。」

羅莎莉似乎終於搞清楚情況了。

「亞姊，這群傢伙是為了保護這隻小動物的住處才努力當惡靈啦。」

出人意料的真相！

羅莎莉在聽完對方的說詞後，突然哭了出來。

「這樣啊……你們是為了避免這些小傢伙淋雨，才將壞掉的木板或門板飄在空中，藉此幫牠們擋雨呀……」

簡直就像是哪來的不良少年很努力在保護棄貓！

當我回神時，發現小穆已雙眼泛紅。

娜娜・娜娜小姐也露出一副心疼的模樣。

「真是感人的故事……你們在發現跟自己一樣沒有依靠的小動物之後，實在無法坐視不管對吧……」

「原來你們跟常見的地痞流氓不一樣，都擁有一顆溫柔的心。即便死後才懂得向善，終究是好事一樁。我也不禁有些感動。」

「那個……身為唯一活人的我總覺得好像受到排擠，麻煩誰來說明一下。」

這群惡靈居然自己聊開了。

「亞姊，對方說事已至此，乾脆先前往野貓房再聊。」

「野貓房？」

當我們一走進尚未調查的房間後，發現裡面擠滿了貓科動物（大概全是野貓吧）。

甚至還有其他動物也混在其中，看起來像是狐狸以及狸貓的生物。

「原來這裡成了野生動物的巢穴啊……」

有一隻幼小的狐狸來我腳邊，我便將牠抱在懷裡。

沒想到靈異地點瞬間變成可愛動物區……

「牠們都好親人喔～不像是野生動物耶。」

「亞姊，因為這群小傢伙都是此處的惡靈們在照顧，所以幾乎沒啥戒心。」

「動物能看見惡靈也不是什麼稀罕事。對動物而言，亞梓莎妳跟惡靈根本沒有差別。」

雖然我對於自己被當成惡靈的同類一事是頗有微詞，但總比這群小動物一見到我就跑掉好多了。

「早知道是這樣的話，萊卡也應該一起過來的～到時再帶她來這裡玩。」
沒有枉費我參加這趟靈異地點之旅。
——儘管得知惡靈是為了保護野生動物才占領此處，不過在此之前仍有一事不明。
若單純是為了保護野生動物，周圍的惡靈本該不會群聚過來。一般來說，惡靈並不會離開自己喪命的地點。換言之，這些惡靈對此旅館都抱有某種悔恨才對。
真要說來，這間廢棄旅館裡為何會有那麼多惡靈呢？
記得屋主惡靈說過，自從這裡成了靈異地點以後曾鬧出人命，但死者也太多了吧……
但既然有惡靈住在這裡，任何謎團都一問便知，完全不需要外人幫忙推理。
根據羅莎莉的即時翻譯——
「亞妳，妳不知道地痞流氓經常為了試膽而前往靈異地點嗎？」
「那個，因為我不是同類，所以我並不清楚這類人的常識……」
但也許真如羅莎莉所言。想想以前收看相關電視節目時，常常能看見靈異地點有許多不良少年留下的塗鴉。
「由於兩方人馬在這棟廢棄旅館裡狹路相逢，就這麼演變成大規模的鬥毆，有一方在這裡慘遭殲滅，甚至還死了不少人。」

「嗯～……既然這裡有惡靈出沒，我早就料到可能發生過某種血腥事件，沒想到實際情況這麼嚴重。」

「我懂我懂，畢竟大家小時候都想打造祕密基地嘛。」

「娜娜．娜娜小姐，這可不是那麼溫馨的事情！」

實際上是鬧出多條人命的械鬥現場喔。

「不過這終究和兩派人馬在爭奪祕密基地差不多吧？就像人類引發的戰爭，絕大多數都是為了爭奪地盤不是嗎？原則上是大同小異。」

「按照妳的說法，我的確無法反駁……」

後續情況就跟我們知道的一樣。

死於廢棄旅館的流氓們都化成地縛靈，從此一直待在這裡。

附帶一提，打贏的一方也有幾名變成惡靈，不過它們很快就離開廢棄旅館了。

於是，這棟廢棄旅館就成了名副其實的靈異地點——

然後惡靈們發現野生動物把這裡當成巢穴，結果漸漸明白小動物們的可愛之處。

為了保護這些小動物的住處，惡靈們才決定嚇跑外來的入侵者。

——就這麼一直努力到現在。

「唉～不過這下子可就傷腦筋了耶～」

小穆直接躺在地板上，只見一隻很像浣熊的生物從她身上爬過。看她似乎挺享受的。

「有什麼好傷腦筋的？所有謎團都順利解開，惡靈就是在幫小動物們著想，為了保護牠們才把人嚇跑呀。」

「這裡確實是動物的樂園，卻改變不了廢棄旅館十分危險的事實。就算惡靈不再嚇人，假如有小朋友跑來玩還是可能會受傷，或是成為山賊野寇的藏身之處喔。」

「對耶，被人利用來做壞事也是個問題……」

這世上就是有人會利用廢墟動歪腦筋，冒險者公會才想找人幫忙摧毀這個地方。

「外加上屋主的靈魂也還在這裡。只要此旅館存在的一天，他就會繼續受困於此。」

「因為屋主放不下這個令他產生罪惡感的遺產，導致他無法『升天』對吧……」

「不管是哪個時代，人類與惡靈皆有著各自的煩惱。無論心臟是否停止跳動，都永遠改變不了這點。」

雖說小穆表現出一副事不關己的樣子，卻很像是故意裝出來的。

她之所以決定來到這間廢棄旅館，或許就是擔心有惡靈在此受苦也說不定。

畢竟人就是有未了的心願才成為惡靈。

接下來的事情就交由我這個活人來幫忙處理。
原因是光靠惡靈，終究無法與活人進行談判。
「羅莎莉，這群惡靈的代表是誰？」
我開口詢問羅莎莉。
既然可以溝通，這件事就有辦法善了。就算以戰力來說，我是活人之中最強悍的，卻沒必要任何事情都用拳頭來解決。
「亞姊，請等我一下。」
羅莎莉與惡靈們交談後，忽然露出相當困擾的神情。
「這群惡靈說要決定誰才是頭子，結果就打起來了！」
「這幫傢伙也太血氣方剛了吧！」
在這之後，我對勝出的惡靈提出建議。
「——結果就是這樣，你覺得呢？」
最終順利取得惡靈方的同意。
那麼，等天一亮就再加把勁吧。

後來，這棟廢棄旅館順利拆除完畢。

為了讓工程業者相信惡靈不會再作祟，我把身為一流冒險者的席羅娜請來現場。畢竟有S級冒險者的擔保，很快就取得眾人的信賴了。

工程期間自然也沒有發生任何問題。

不過，廢棄旅館旁建了一棟小木屋。

雖說是小木屋，天花板卻矮到人類無法進入。

原先棲息於廢棄旅館的小動物們就住在這裡。

◇

我帶著羅莎莉和萊卡造訪小木屋。

「嗚哇啊，好可愛喔！」

萊卡一看見蜂擁而至的小動物們，便雙眼發亮地蹲了下來。萊卡果然很喜歡小動物。

小動物們也主動接近萊卡，只見狐狸、浣熊以及野貓都爬到她身上。那毛茸茸的觸感應該很令人享受。

不過萊卡似乎察覺到異樣，用右手輕輕握住左手的臂膀。

「亞梓莎大人，請問這附近還有其他存在嗎……？」

「嗯，有一群肉眼看不見的管理員在這裡，因此這間小木屋可說是安全無虞。」

沒錯，廢棄旅館裡的那群地縛靈都還待在這裡，負責保護小動物們。

我就是取得它們的同意，廢棄旅館才能夠順利拆除。

反正只要這群動物可以安心生活的環境能獲得保障，就沒必要執著於廢棄旅館。

當旅館拆掉之後，屋主惡靈也順利升天——才怪，結果他跟著流氓惡靈們一起來當動物管理員……

當事人表示能永遠和動物們在一起，感覺上也是令人開心的生活方式。畢竟這都是個人自由，他大可按照自己的喜好去做。

「不愧是亞梓莎大人！如此艱難的事件也成功解決！」

「妳過獎了～我只是代為處理需要活人出面的事情，這一切都歸功於羅莎莉以及小穆。」

如果沒有小穆對這個公會委託產生興趣而促成此事，就不會出現這樣的結果。當然我也有所貢獻，因此對於這段讚美並不會覺得尷尬。

「我也很慶幸能藉此機會明白這世上存在著各種惡靈，而且這件事和我是息息相關。」

羅莎莉以家人的身分一起住在高原之家，感覺上不能說是基於巧合。

倘若羅莎莉有一段幸福的人生，最終沒有成為惡靈，她就絕不會出現在哈爾卡拉想買來當作工廠使用的那棟建築物裡。

儘管這麼說有點詭異，但是多虧羅莎莉以不幸的方式過世，我們才能夠遇見她。

這情況就類似於我因為過勞死，才決心在這個世界成為一名魔女……

所謂的緣分，就是這麼一言難盡。

因此我們要好好珍惜每一段際遇。

「俗話說塞翁失馬，焉知非福。若是當真遭遇不幸，再如何鑽牛角尖也無濟於事。」

「沒錯，我也認為這就是人活在世上以及死去之後的醍醐味！」

嗯～還真是人生無常，世事難料呢。

「所以啊，我還想去看看其他的靈異地點，要不要再和我一塊去呀？亞姊。」

羅莎莉興奮地雙眼發亮。

「相信這世上還有許多靈異地點！就讓我們逛遍所有地方吧！」

我露出苦笑回說：

「老實說我還是會怕……可以的話是敬謝不敏。」

畢竟我並沒有因為這起事件，就對靈異地點不再感到害怕喔！

製造出類似ＣＤ的物品

當我在晾衣物時，忽然有一個龐然大物從高空中飛過。
「那應該是飛龍吧。」
由於我們與魔族頗有交情，因此經常有飛龍來到這裡。諸如運送貨物或信件，甚至還有魔族會來拜訪我們。
附近居民早已習以為常，看到飛龍也見怪不怪了。
想想不時就能看見利維坦……龍族也是天天在眼前亂晃……大家對於飛龍自然不會大驚小怪……
那麼，這次來的人是誰呢？
答案是訪客，而且還一次來了兩位。
因為兩位訪客的耳朵都很有特色，所以我一眼就認出來了。
分別是擁有兔子耳朵的庫庫，以及長了一對貓耳的朋德莉。

She continued destroy slime for 300 years

「真難得看見妳們一同前來耶。」

我對著從飛龍上跳下來的兩人打招呼。瞧她們的行李有點多，看樣子又帶了不少東西過來。

「好久不見，亞梓莎小姐。不對……想想距離上次見面並沒有很久呢。」

畢竟庫庫替宿站傳大賽唱過主題曲，歌名就叫做《候補人生》。

「這麼說來，我跟朋德莉更是最近才在鑑定騎士團的活動上見過面。」

想想我還滿容易遇到范澤爾德城的居民們，與魔族碰面的機會多到讓人不禁誤以為對方就住在附近。

「就是說呀～其實我也沒料到自己還會再跑來這裡，感覺這陣子鮮少有機會宅在家裡。」

「我就當作妳是把自己曾經是個家裡蹲的往事拿來自我調侃喔。」

朋德莉以前有很長一段時間都窩在家裡不務正業，現在則是從事開發魔族專用遊戲的工作。

「附帶一提，我今天只是陪人過來。庫庫小姐有事情想向各位徵求意見。」

「難道是要發表新歌嗎？那真叫人期待呢，很抱歉還特地讓妳過來一趟。」

如此一來，就讓人想不透需要朋德莉陪同的理由了。

「這倒是未必囉～就請各位拭目以待～」

奇怪？她們是在打什麼歪主意嗎？

「總之，妳們快請進吧。」

我晾好最後一件衣服後，就領著兩人走進屋內。

芙拉托緹恰好就坐在餐廳裡。

畢竟家中就屬她的音樂造詣最優秀，簡直來得正是時候。

「喔，這不是庫庫嗎？瞧妳最近的表演都很不錯喔。」

「這全都是託芙拉托緹小姐所賜，才讓我能以音樂為生。」

庫庫畢恭畢敬地鞠躬行禮。想想這情況還真是罕見，芙拉托緹對庫庫而言等同於替自己開拓人生道路的恩師。

等庫庫行完禮後，臉上神情莫名嚴肅。

「那個！我今天之所以會出現在此，其實是有事想找芙拉托緹小姐商量！」

庫庫緊張得立正站好，大聲說出這句話。

這畫面確實很像是徒弟前來尋求師父的意見。

接著庫庫轉身對向我。

「也希望亞梓莎小姐能給我一些建議。」

「咦！我嗎!?」

我對音樂可是不太了解喔。儘管專家有時也會想聽聽外行人的意見，但我個人覺得沒必要大老遠跑來這裡，在魔族的領地內應該就能得到答案。

「妳客氣了，亞梓莎小姐，想當初我在成立遊樂中心時，就是多虧有妳提供精闢的意見呀。這次同樣需要藉助妳的智慧。」

朋德莉拋出這段不負責任的發言。算了，就當作是她十分信賴我吧……

「那只是我恰巧擁有能當成參考的記憶和經驗罷了。」

雖說經營方式類似我前世在日本的遊樂中心，不過我並未透露多少。原因是聊再多也沒人聽得懂。

「沒那回事，身為不死族的直覺告訴我，這次也一定可行的。」

那樣的直覺當真靠得住嗎？

「本小姐是不清楚妳們想商量什麼，但只要跟音樂有關，應該都可以提供建議喔。」

這種時候，芙拉托緹是絕不會藏私。她或許算是個挺不錯的大姊頭。

意思是基本上全交給芙拉托緹就好吧。

「好的！那就請二位聽聽我的新歌。」

「好，妳快拿出詩琴吧。」

「這次的新歌不需要詩琴。」

沒錯，庫庫就是說了這句話。這是怎麼回事？難不成是清唱？還是這次無須自彈自唱，詩琴是交由其他人彈奏嗎？

「請等一下，我馬上做好準備。」

庫庫從行李拿出一樣東西。

是個狀似薄型甜甜圈的護身符。

材質很像是布料，卻又令我聯想到前世的某個東西……

「這個魔導器裡裝有我的新歌旋律！」

果然是類似ＣＤ的東西！

結果真被我猜中了，那是狀似用布料製成的ＣＤ。

「接下來由我來說明。」

朋德莉把話接下去。

「這是使用了經由某種管道取得的全新魔法技術，成功打造出可以保存聲音和影像的物品。」

她說的「某種管道」，十之八九就是擁有古代文明的死者國度吧……

「我認為只要將音樂保存在此物中，就能讓人重複聆聽裡頭的音樂！不覺得這是個很厲害的發明嗎!?」

「嗯，這倒是無法否認啦……」

老實說這世界都已經存在著類似影音分享網站那樣的平臺，因此CD反而給人一種落伍的感覺，可是製造出原本並不存在的東西，的確算得上是新發明吧。

「而這個就是能將保存的聲音產生出來的魔導器！」

朋德莉這次拿出一個四方形的黑色箱子。

這東西感覺挺像是哪來的電玩主機……這部分就別深究吧。

「我們計畫同時販售這個能產生聲音的魔導器，以及裝有我新歌的圓盤型魔導器。」

「沒錯，要是沒有圓盤型魔導器的話，我這個能產生聲音的魔導器也就不具備任何價值，我才決定和庫庫小姐合作！」

「……嗯，我認為這是個非常嶄新的嘗試。」

儘管這給我一種非常強烈的既視感，但還是別提吧。

看來CD終於要出現在這個世界裡了，不過眼下是以魔族為主。

「至於我的新歌就在這裡。」

庫庫取出三張圓盤型魔導器。

並強行在布上寫著「之一」、「之二」跟「之三」等字眼。

大概是終於聊到關於音樂的話題，芙拉托緹從桌上探出身子。

「啊～妳們想來徵求人家的意見，看看是要先推出哪個版本的歌曲吧。」

「原來如此，這些都內含試唱歌曲囉。」

確實就算是同一首歌，收錄不同版本也不足為奇。畢竟專業音樂人對細部的差異也非常講究。

不過，庫庫露出有些尷尬的表情。

咦，難道我和芙拉托緹猜錯了？

「這部分就交由產生聲音魔導器負責人的我來說明～庫庫小姐的這三片圓盤裡都保存十一首歌，但唯獨最後一首是按照各圓盤保存不同的歌曲喔～」

「竟然首發就採取這種奸商手法！」

我忍不住大聲吐槽。

「這種方式是強迫想聽所有歌曲的粉絲必須每種都買對吧？即便有可能會促成熱銷，卻也有損庫庫的形象，奉勸你們最好別這麼做！」

總覺得這世界的居民對於賺錢方面，絕大多數都是毫不手軟耶。

說起代表人物就是武史萊小姐，身為洞窟魔女的艾諾也挺貪財的。這次也給人一

© Benio

種相似的感覺……

可是庫庫和朋德莉聽完之後，都很感興趣地點頭以對。

「果然亞梓莎小姐的意見很有參考價值呢～我們倒是沒顧慮到粉絲的心情。既然如此，這個方案就作罷吧。」

朋德莉取出筆記本，在裡頭寫下「不能採取只變更最後一首歌的奸商手法」這句話。

既然兩人馬上接受我的建議就無所謂了。

庫庫將圓盤型魔導器收回包包裡。

取而代之是又拿出三張圓盤型魔導器。這次分別是寫著「普通」、「限定1」跟「限定2」。

「那個～這三種分別是——」

「啊、庫庫，我大概能猜出來了。」

我抬起手打斷庫庫的話語。

「寫有限定的兩種是分別保存不同的影片，至於普通那張儘管沒有影片，卻比限定版多出一至兩首歌吧？」

「喔～！」庫庫跟朋德莉發出讚許的驚呼聲。

朋德莉甚至開始鼓掌。

「不愧是亞梓莎小姐！簡直是料事如神！我很慶幸自己有來這裡徵求意見！妳真是太可靠了！」

「那個……這個，該怎麼說呢……就是這方面的直覺突然起作用了……」

誰叫日本也採取過類似的行銷方式。

總之就是想同時販售好幾種版本吧。算啦，隨她們高興就好。

話說回來，最關鍵的新歌到現在都還沒聽見。

芙拉托緹露出一副大感無聊的樣子。來，快進入與音樂有關的話題吧！

「關於那些ＣＤ……不對，是圓盤型魔導器，可以請妳們播放……這裡好像沒有這種說法……可以請妳們啟動嗎？」

因為在形容上都稍有出入，反而害我頗混亂的。乾脆就把它稱為ＣＤ算了。

「好的！接下來想聽聽芙拉托緹小姐的意見！」

庫庫將寫有「普通」的魔導器，放入啟動用的箱型魔導器裡。

那麼，終於能在這個世界裡享受到聽ＣＤ（相似之物）的感覺了。

這也算是一種頗令人感動的體驗。

「會出現怎樣的聲音呢？」

外表就像個普通的箱子，讓人猜不出喇叭的品質，卻又挺令我好奇的。也許會從裡面發出很有臨場感的音質。

「我覺得有點興奮耶。」
我不禁回想起前世第一次去購買ＣＤ的時候。對小朋友的零用錢來說，ＣＤ算是挺昂貴的奢侈品。
「……」
遲遲沒發出聲音。
難不成是故意讓人等久一點，然後一口氣發出巨響的演奏方式嗎？
「…………………………」
該不會是音量被調至最小了——應該不可能會出現這種情況。畢竟上頭沒有相關的按鍵。那就稍微再等一下吧。
「…………………………」
「音樂是何時才會開始啊!?」
我不由得大聲吐槽。到現在仍是一點聲音也沒有！
「奇怪，這東西應該沒壞呀……」
朋德莉納悶地從箱子裡取出圓盤型魔導器。
「啊！我懂了！因為上次已啟動到最後，所以得倒轉至一開始才行！」

居然是錄音帶！規格比ＣＤ還老舊！

「啟動倒轉至一開始的功能是要用左手壓住這裡跟這裡，再用右手壓住這裡。」

操作還挺複雜的，總覺得按法跟電腦的強制關機滿相似的。

嘰嘰嘰，嘰嘰～

「啊，有反應了。在倒轉了。請大家稍待片刻喔～」

明明這世界存在著類似影音分享網站的技術，為何事到如今才開發出與錄音帶沒兩樣的東西啊。

「到現在還聽不見音樂，好無聊喔。」

芙拉托緹露出一副眼神死的模樣。即使不是芙拉托緹，也會忍不住懷疑究竟要等到何時才可以聽音樂吧。

一段時間後，箱型魔導器發出「喀恰」的聲響。

我放在老家那臺能聽錄音帶的老舊三合一音響也會發出這種聲響。

「這次真的要開始了。接下來就是庫庫小姐的第一首歌！」

魔導機確實傳出音樂，很像是庫庫彈奏詩琴的聲音。

「喔～！好厲害的功能啊！」

芙拉托緹隨即顯得相當興奮。第一次聽ＣＤ或錄音帶的人，大概就是這種心情吧。

不過……開頭第一首就是致鬱系的歌曲。

第一首
不知不覺間被雙親扔掉的書本
作詞・作曲：庫庫　4：35

「大家似乎都不顧我的感受，都不顧我的心情，一味地否定我～♪」魔導器發出庫庫那悲傷的歌聲。

明明是第一次體驗ＣＤ（相似之物），偏偏碰上這麼憂鬱的歌曲……這段時間，一首歌詞令人憂鬱的樂曲繚繞於餐廳裡。

在場四人默默地聆聽著。

形成一個令人很不舒服的空間……

「我先暫停啟動魔導器喔。」在歌曲結束之際，說出這句話的朋德莉按下某個位置。由於這東西乍看之下沒有任何按鍵，讓人很難看出她到底按了哪裡。

「那個，芙拉托緹小姐，感覺如何……？」

庫庫一臉認真地詢問。

芙拉托緹不知何時已將雙手交叉在胸前。

「各方面都很到位，不錯喔。」

咦？這感想莫名簡短。但庫庫聽完後還是不由得放鬆表情，想想這兩人確實是師徒關係。

「那就繼續聽下一首歌吧。正如演唱會的曲目順序非常重要，保存在魔導器裡的歌曲也會因為順序的編排給人帶來截然不同的感受。」

「啊，好的！拜託妳了！」

總覺得芙拉托緹就像是哪來的當紅製作人耶。

第二首
候補人生　　**作詞・作曲：庫庫　4：05**

這是在宿站傳當時聽過的那首！因為曲目順序的關係，讓人覺得很像是哪來的單曲！

後面的歌曲也依序播放出來。

別人的笑聲聽起來像是在嘲笑自己

作詞・作曲：庫庫　4：50

「單看曲名就知道每一首歌都很灰暗！」

一連聽完好幾首令人憂鬱的歌，讓我越來越吃不消。

「由於這是我第一次的嘗試，因此裡面保存我截至目前最完美的表演。而且絕無一絲妥協。」

庫庫眼神誠懇地說著。

感覺就是讓一張曲風憂鬱到爆的專輯（？）誕生到這個世上……

這段期間，芙拉托緹幾乎沒有說話，就只是將雙手交叉在胸前。途中曾多次閉上雙眼，但沒有真的睡著。原因是若她睡著的話，會露出更沒形象的表情。

「那個，芙拉托緹小姐，妳覺得怎樣呢？」

因為芙拉托緹鮮少開口，似乎令庫庫有些不安。

「放心，先聽完再說。」

「我明白了。話說『普通』圓盤有多保存兩首『限定』所沒有的歌曲，所以一共是十三首。」

意思是還得繼續聽六首這種致鬱型的歌曲啊……

就在這時，來自圓盤的音樂聲突然中斷。

「咦？這臺錄音帶播放機……不對，是魔導器發生故障了嗎？」

畢竟還剩下一半左右的歌曲，沒有繼續播放就太奇怪了。

「真是個瑕疵很多的魔導器耶。」

芙拉托緹睜開雙眼瞪向朋德莉。

想想原本正打算專心聆聽音樂，突然中斷總是很容易惹惱人。

「所謂的音樂不能像這樣多次被打斷。倘若真要這樣，倒不如一路錯到底還比較好。這世上也存在著即使唱錯歌詞仍然非常精采的演唱會。」

「我完全能體會妳的心情！不過請稍微等一下！我馬上查出原因！原則上不該會出狀況呀～」

朋德莉拆開箱型魔導器檢修。

「原來妳還擅長維修機器呀。」

記得她還是家裡蹲當時，就只接觸過桌上遊戲跟卡片遊戲，印象中沒看見稱得上是機器的東西。

「在受到古代文明的影響並且開始構思遊戲之後，不知不覺就變得很懂機器喔～」

照此情形看來，製造出電腦也是指日可待。

更何況不死族是長生不老（雖然不能算是活在世上，但形容成長死不老也挺奇怪的），繼續這樣成長下去，朋德莉將會累積十分豐富的知識吧。

「箱型魔導器本身都很正常。嗯～～難道是圓盤出問題嗎？」

「應該沒這回事才對，朋德莉小姐。因為這些都是我有聽到最後的版本。」

傷腦筋，若是機器出問題，我完全幫不上忙。外加上這些並非機器，而是更為特殊的魔導器，我根本不知道該從何幫起。

「啊，原來如此，我懂了♪」

庫庫忽然嗓音開朗地說著。是她看出哪裡故障了嗎？

她取出圓盤，翻面後又重新插入魔導器裡。

「因為正面的歌曲已演奏完畢，這種時候得替它翻面才行。」

又是錄音帶獨有的播放方式！

緊接著開始下一首歌。

第八首

別人的過錯就大聲批判，自己的失誤就沉默帶過嗎？

隨即傳來截至目前旋律最沉重的詩琴演奏。說實話，在中間穿插幾首能讓人放鬆的歌曲會比較好吧……？

可是這種話似乎輪不到我這個音樂外行人來說，眼下還是全權交由芙拉托緹負責吧。

說起芙拉托緹，她似乎完全沉浸在節奏裡，開始隨著音樂搖頭晃腦。

就在這時，桑朵菈走了進來。

「今天蟲子特別多，我來拿點除蟲劑喔。」

接著她大步流星地經過放在地板上的機器旁邊。

下一秒，機器發出「嗡————————！」的噪音！

「哇！怎麼回事!?為何突然出現這麼刺耳的聲音!?」

嗯，的確是很令人不舒服的聲音，原先正在播放的歌曲也戛然而止。

「唉～桑朵菈把東西弄壞了。」

芙拉托緹白了桑朵菈一眼。

「少在那邊含血噴人！只不過是有植物從旁經過就會出問題的話，完全是那東西本身有問題！汪汪汪！」

感覺許久沒聽見桑朵菈發出這種動物的叫聲了。
「話說朋德莉呀，這次又出了什麼狀況……？」
「請等一下，我來檢查！」
朋德莉再度將機器拆開調查。
「啊～原來如此。魔導器在利用魔力運作時，如果發生震動就會中斷。」
「這機器還真纖細耶……」
「因為運作期間很不耐震，假使家中有飼養寵物就得格外小心。比方說被貓亂碰，就會像現在這樣中止運作。」
這部分就跟經典電玩主機頗相似的，當然說出來是不可能得到他人的共鳴，因此不提也罷。
「好，那就再次啟動囉。」
朋德莉按下應該是啟動箱子的部位。
……………結果卻毫無反應。
下個瞬間，芙拉托緹迅速從座位上起身——
朝著牆壁吐出冰凍龍息！

該處的牆壁立刻結凍。算了，反正放著會自行融化，畢竟問題並非出在那裡。

「啊啊啊啊啊！真叫人不耐煩！出太多狀況害人家壓力過大！心情簡直亂糟糟的！」

芙拉托緹用雙手抱住自己的頭，並用力撥亂頭髮。

想想她應該忍了很久！

「芙拉托緹，我能理解妳的感受，但還是先冷靜下來！這是機器常有的情況喔！」

「假如會害人這麼不耐煩，芙拉托緹情願不用這種魔導器！直接聽庫庫表演還比較快！重點是用這種箱子聽音樂很無感！要是不能聽見現場演奏的話，人家實在不會覺得好聽啦！」

「話是這麼說沒錯……問題是在正常的情況下，庫庫不會一直陪在身邊……只要有這個東西，也許就能夠隨時隨地享受庫庫的歌聲呀！」

庫庫和朋德莉都露出不知該如何是好的表情。

「說得也是……」庫庫甚至如此喃喃自語。

對於專業歌手的庫庫而言，芙拉托緹這番聽音樂就該聽現場表演的發言很有說服力。

「那個……芙拉托緹小姐，一旦擁有這個魔導器，就可以重複享受裡頭保存的音樂……可說是非常優秀的商品……」

「問題是它現在中止運作啊，不死族。」
「唔……是沒錯啦……為何這麼容易故障呢……？」
總覺得自己正親眼目睹機器上市前必須跨越的試煉。
無論是這個世界的道具或機器，就連我前世裡的精密機器在剛出現時，認為「有了這東西就會很方便喔！」的開發者，經常與「原則上並不需要這種東西吧？」的反對意見爆發衝突，當便利性獲勝後，才得以推廣至全世界吧。
就像智慧型手機推陳出新時，仍有人堅持使用傳統手機。在手機普及的時代裡，還是有人堅稱不需要手機也能過活。
反觀這臺錄音帶播放機（它在我心中已被冠上這個名稱了）在跨越這場試煉之後，或許就可以普及至全世界吧。

好，我就為了開發者出一份力吧。

我將手搭在芙拉托緹的肩膀上。
「好乖好乖，不生氣不生氣。」
「啊……主人是要芙拉托緹先冷靜下來嗎？」
芙拉托緹在被我勸阻後，心情逐漸平復下來。

「沒錯，在嘗試新事物時都很容易出狀況。就像妳也會需要歷經挫折，才能夠把某些事情做好不是嗎？」

「人家對此沒什麼印象耶。」

這種時候就該配合我啊！

「妳想想若是這個魔導器發售之後，就會有更多人接觸到庫庫的歌曲吧。不覺得這是一樁好事嗎？」

芙拉托緹眨了眨眼睛。

她先是瞄了庫庫一眼，隨即換上一張害臊的神情。

「那個……這確實……算不上是什麼壞事啦……」

搞定！畢竟芙拉托緹也希望庫庫能更出名。這麼一來，她就不會再有怨言了。

這段期間，朋德莉從箱子裡取出圓盤。

「啊～應該是接觸不良。嗯～很明顯是沒裝好。既然如此——」

看來這情況已有應對方法。

「呼～呼～」

朋德莉開始對著圓盤吹氣。

「這麼做當真有用嗎!?」

這簡直就跟經典電玩主機毫無分別嘛！另外這麼做即可啟動的說法，經驗證後完全是一種迷信！重點是不小心讓口水沾在上面的話，還有導致主機毀損的風險喔！

等等，反正這東西不是電子產品，理應沒有這類風險……想想這世界的各種文明都挺極端的。

「啊，這麼做是一點意義也沒有。」

朋德莉隨即停止吹氣的動作。此做法果然行不通。

「想想我早就死了，根本吹不出氣來嘛～有誰能來幫忙一下。」

「問題是出在這裡嗎!?」

「就算我已不會呼吸，卻還是習慣性地想要吹氣。嗯～從以前養成的習慣還真可怕呢。畢竟有句諺語是『三歲看老，永恆不變』。」

這諺語比喻的時效還真長耶。

因為實在拿她沒辦法，便由我來幫忙吹氣。

「呼～呼～！」

「亞梓莎小姐，請盡量幫它吹氣！生命的氣息理當有助於讓魔力迴路更容易啟動！」

唯獨這種時候就會扯到類似魔法的概念，真是有夠麻煩的！

不知是否多虧生命氣息的效果，總之魔導器終於重新啟動了。

「啊、有聲音了。接下來是《別人的過錯就大聲批判，自己的失誤就沉默帶過嗎？》的後半段。」

「吶，我承認庫庫妳很有實力，問題是曲風憂鬱成這樣，當真會受歡迎嗎……？」

「我收到不少感謝幫忙表達出心中苦悶的粉絲來信喔。」

「……原來如此，假如全都是輕快的歌曲，有些人就無法產生共鳴。」

儘管魔族整體上都給人一種生活十分輕鬆隨興的感覺，但總有一些人是過著水深火熱的生活吧。

「接下來的第九首是《已有三個月遲交房租》。這是我頗有自信的一首歌。」

「感覺就是偶像歌手絕不會唱的歌名！」

但不愧是庫庫很有信心的一首歌，聽起來是挺帥氣的，而且曲風比想像中輕快一些。

尤其是不斷重複的「逃出這個狹窄的房間～♪嚴格說來只是被趕出房間～」這段副歌特別好聽。

「在妳的歌曲之中，這首確實有別於以往更充滿狂奔的感覺。能感受到妳想藉由逃出狹窄的住處，隱喻希望能擺脫人情世故。」
芙拉托緹也解釋得非常出色。
「也沒那回事啦，純粹是我回想起自己還在使用斯齊法諾亞這個藝名的時候，經常繳不出房租而寫下的一首歌。」
出色的解釋被原作曲者給徹底毀了。
雖然出了許多狀況，不過這個圓盤型魔導器有順利播放完最後一首歌。
「好聽，這真的很好聽喔～！」
我拍手稱讚庫庫。
不過所有歌曲都播放完畢後，庫庫反而顯得十分緊張。
她的目光固定在芙拉托緹身上。
對庫庫而言，自然是很在意芙拉托緹會給出怎樣的評價。
她此刻的心情可說是期待與不安各占一半吧。
反觀芙拉托緹的神情是異常嚴肅，給人一種精神年齡大幅上升的感覺。
我和朋德莉同樣看向芙拉托緹。
那麼，究竟會做出怎樣的反應呢？
「人家覺得這東西還是比不上現場演唱。」
芙拉托緹一臉認真地說著。

這段評語是很嚴苛，但應該是芙拉托緹發自內心的感受吧。

畢竟這個世界並沒有CD以及錄音帶（確切說來是此時此刻即將誕生）。因此論及音樂，一般而言都是現場表演。

若想超越現場表演帶來的臨場感跟震撼力，恐怕相當困難吧。

庫庫似乎也明白這個道理，因此露出略顯落寞的苦笑。正因為是專業歌手，即使面對再殘酷的評語也會默默接受吧。我認為這也是一種很好的師徒關係。

就在這時，芙拉托緹稍稍揚起嘴角。

「不過這圓盤裡的每一首歌都非常不錯，另外妳在曲目的順序安排上也十分用心。」

「謝謝誇獎！」

庫庫鞠躬行禮，她的兔耳朵也隨著動作往前垂下。

「相信圓盤帶來的感覺，會與欣賞現場表演的感受相去甚遠。因此必須讓人覺得這張圓盤以一件作品來說有著完美的收尾。能感受到妳有著重在這部分。」

「沒想到就連這些也被妳看穿了！」

庫庫詫異地睜大雙眼。

「若是妳僅以現場表演的心態來看待這東西，人家就會勸妳別這麼做。畢竟到頭來永遠比不上現場表演。假如想販賣這個圓盤，人家認為就是要讓圓盤具有它存在的意義，而這也是對待一件作品的心態。」

總覺得芙拉托緹在我心中的評價一口氣提升了許多。

任誰在聊到自己擅長的領域時，都會有一種判若兩人的感覺。

我再次拍手鼓掌。

朋德莉也跟著照做。

老實說，芙拉托緹似乎挺適合執掌教鞭。

雖說她應該無法教導數學或語言學等方面的知識，我卻覺得她在自己擅長的領域上會是個好老師。至少會成為一名深受學生信賴的老師。

「庫庫，其實關鍵反倒是在這之後。如果妳決定繼續販賣這種能保存歌曲的圓盤，大家就會把下一張圓盤拿來比較。這種時候切忌讓人產生『前一張比較好聽』的感覺喔。」

「說得也是，我以後會努力打造出不輸這張圓盤的新作！」

芙拉托緹提供的建議當真是字字珠璣。

那麼，差不多也接近中午了。

「我們接下來會準備午餐，庫庫和朋德莉要一起吃嗎？啊、朋德莉妳是不死族，應該不需要吃東西吧……」

「請不必介意我～其實我有帶一些適合與府上千金們同樂的遊戲喔！」

喔，相信法露法和夏露夏會很高興才對。

我煮了庫庫愛吃的蔬菜加量沙拉。

因為人數比以往多，所以這頓午餐是特別熱鬧。

用完膳後，法露法不停撒嬌說「芙拉托緹小姐，拜託妳唱歌嘛～」，於是芙拉托緹拿起庫庫的詩琴準備為眾人獻唱。

「由於人家完全沒準備，有可能會出錯，因此只表演一些簡單的歌曲喔。」

話雖如此，芙拉托緹反倒是露出一副躍躍欲試的樣子。相信她應該並不排斥在大家的面前表演。

「我對芙拉托緹的演奏也給予正面評價，她天生就擁有過人的節奏感。」

「人家才不需要萊卡妳的讚美呢。聽妳這麼說，人家反而渾身不對勁。」

芙拉托緹對萊卡的態度也莫名溫和。

在表演開始之前，女兒們就已經發出熱烈的掌聲，羅莎莉和桑朵菈也滿心期待地等在一旁。

「那人家開始囉。」

老實說，芙拉托緹的表演水準非常高。
她的曲風跟庫庫截然不同，以陽光輕快為主。
說穿了就是會讓人想跟著節奏律動。話雖如此，這也不是那類激烈火爆的曲風，而是小朋友聽了會很有精神的旋律。
我家餐廳就這麼變成臨時的展演會場。
法露法甚至開心地手舞足蹈起來。
芙拉托緹似乎同樣樂在其中，只見她不斷用尾巴拍打地板。當然也可能是她以這種方式在打節拍。
像這種有音樂相伴的生活，感覺也挺不錯的。
「木春萌～木春萌～木春萌～♪——好啦，人家已經唱了三首歌，就到此為止吧！」
眾人給予熱烈的掌聲。
我印象最深的部分，就是庫庫一臉高興地欣賞表演。即使曲風有別於自己，依然有值得當成參考的地方。
「啊！有了！我想到一個好點子！」
朋德莉跑向自己的行李，從中取出類似筆記本的東西。

接著她迅速寫下一些東西，似乎是想記在備忘錄裡。
「妳怎麼了？難不成是想到改良魔導器的方法嗎？」
「不是的，而是我覺得把發出音樂的魔導器放在遊樂中心裡，可以打造出某種全新的遊戲。」
朋德莉在紙上描繪出有人正在遊玩魔導器的圖畫。
儘管看不太懂，但很像是一個人正在敲擊魔導器。
「遊戲的玩法是魔導器傳出音樂時，顯示窗裡也會出現樂譜，讓玩家隨著節拍敲擊魔導器！要是造出這類遊戲的話，感覺肯定會很有意思喔！」
前世裡確實有推出這類電玩！
「畢竟音樂很講究節奏感吧，而節奏指的就是拍子。打拍子也能應用在遊戲裡！相信這種遊戲一定會受到歡迎！並且不是稍微走紅，而是會爆紅！」
這令我不禁更加懷疑，朋德莉根本在前世裡去過遊樂中心吧……
一段時間後，我們收到經由飛龍送來的圓盤樣本和播放用魔導器。
庫庫的音樂魔導器《人生就是行屍走肉》分成「普通版」、「限定版１」以及「限定版２」同時上市。
並非狂熱到想收藏影片的一般買家，只需購買收錄歌曲最多的「普通版」即可。

相信ＣＤ……不對，是錄音帶會在這個世界裡越來越普及吧。

可是我莫名有種不祥的預感。

記得佩克菈也在擴展類似偶像明星的事業，天曉得她到時會不會採取握手券搭配音樂魔導器一同販售的行銷手法……

我決定別再深思這個可怕的問題，將《人生就是行屍走肉》播放來聽。

「……因為歌曲聽起來都很憂鬱，完全無法幫人轉換心情。」

看見狀似ＵＦＯ的物體

She continued destroy slime for 300 years

由於這天從一早就天氣晴朗，因此我帶著三位女兒——法露法、夏露夏以及桑朵菈一起去郊遊。

話雖如此，因為住處就位在適合郊遊的高原上，所以我們沒走多遠就抵達目的地了。

「法露法覺得今天的空氣比以往新鮮呢～！」

法露法神采奕奕地在草原上來回奔跑。

包含我在內的餘下三人則跟在後面慢慢走著。即使是出來郊遊，也只有法露法一人在盡情活動筋骨。身為植物的桑朵菈若是跑動會過度消耗體力，因此沒辦法這麼做。

至於夏露夏則是邊走邊翻閱手中的書本。

「夏露夏，妳這樣走路很危險喔。」

對桑朵菈而言，似乎也明白邊走邊看書是一種不妥的行為。畢竟這不是出外踏青時會做的事。

「假如這裡是市區內，確實有著不慎撞到其他人的風險。但這裡並沒有會與夏露夏相撞的東西，大不了就只有史萊姆而已，並不會對人家造成危險。」

「唔唔唔。亞梓莎，身為母親聽見女兒說這種話是作何感受？這種時候就應該要好好教育她呀。」

反倒是我這個當媽的挨罵了……

「嗯～雖然這種行為的確不值得讚許，偏偏此處環境正如夏露夏所言，沒有會害她撞傷的東西……這下該如何是好呢……？」

光靠講道理應該贏不了夏露夏，實際上也並未因此惹出事端。

「但妳這麼做就不算是來郊遊吧？」

桑朵菈提出精闢的見解，其實我也抱持相同意見。

「這個嘛……只要當事人覺得是在郊遊就不成問題吧……」

「請放心，像這樣感受著大自然的同時閱讀書籍，也別有一番風味。並非坐在書桌前才算是看書。況且像這樣出外走動，心情也會比以往舒暢。」

身為母親似乎也不該老是否定孩子，就隨她高興吧。

「對了，夏露夏，妳在看什麼書呢？」

「書名是《在死亡的陰影下》。」

「看這種書絕對不會讓人心情舒暢吧！」

不過按照夏露夏的精神年齡，倘若她是翻閱《小汪汪約翰的大冒險》這類標題的書籍反倒才奇怪吧。話說回來，她手上那本書會讓人感到心情舒暢嗎？

當我們如此交談之際，跑在前頭的法露法突然停下腳步。

「吶吶～媽咪，那是什麼？」

法露法指著天空提問。

有個物體迅速橫切過天空。

那東西看起來很小，大概是相距遙遠的緣故吧。

「可能是鳥吧？畢竟龍族或飛龍的體型會更大。」

「但是以小鳥來說，移動方式實在太奇怪了。那東西是嗡～嗡～地穿過天空喔。」

法露法會以「嗡～嗡～」的狀聲詞來形容也是無可厚非。

因為該物體與其說是飛在天上，不如說是飄於半空中，給人一種時而移動時而靜止的感覺。

那種飛行方式確實不像鳥。

以形狀而言，更像是一顆橢圓形的球。

不知何時，夏露夏也闔起書本，抬頭注視該物體。

「啊！那東西好像在接近這裡喔！」

桑朵菈如此大喊。該物確實看起來比先前稍微大了一點……
「又遠離了！牠往另一邊飛走了！」
就如法露法所說，那個怪東西便這麼沒入遠方山脈的另一端。
「那會是什麼呢？我在這裡住了三百年，對那種動物是一點印象都沒有。」
法露法跑回我身邊。
「難不成是非常罕見的小鳥嗎？」
「也許喔。下次我再向研究動物的專家請教看看。」
「姊姊，那不是鳥。因為牠跟棲息在這附近的鳥類長得完全不一樣。」
夏露夏不知為何顯得有些生氣。
不對，那不是生氣，真要說來是類似於呆若木雞的表情。而且她的身體正在微微顫抖。
然後，她以宏亮的嗓音公布答案。
「人家相信那個東西……就是未知飛行生物（creature）……通稱ＵＦＣ！」
居然提出類似ＵＦＯ的概念！
「那是什麼？我從沒聽過那種東西。」

桑朵菈似乎也不知道，就拜託夏露夏來解釋一下吧。
夏露夏點了個頭開始說明。
「未知飛行生物……就是指不知名的飛行生物。」
「也太直白了吧！」
「此生物的特徵是飛行姿勢有別於自古以來的任何生物，以奇特的方式在空中移動。距今約莫五百年前，由一名鳥類學者將此定義為未知飛行生物。後人為了易於稱呼，便簡稱為ＵＦＣ。關於剛才看見的東西，至少夏露夏認為徹底有別於我們目前所知的生物。」
夏露夏此刻的說話速度隱約比以往快上一點。
大概是因為發現ＵＦＣ，令她感到相當興奮的關係吧。
「這樣啊，真慶幸能巧遇這樣的生物呢。」
「媽媽，問題不在於慶不慶幸啦！」
我的感想不知為何有些惹惱夏露夏。
「有研究學者提出ＵＦＣ是來自遙遠天體的智慧生命體，因此不能輕忽喔！」
竟然當真扯到ＵＦＯ跟外星人了！
「媽咪，請不必放在心上，純粹是夏露夏很著迷於ＵＦＣ罷了。」
法露法露出無奈的表情。

「媽咪，這世上根本就不存在來自其他行星的未知智慧生命體，那種生物不可能存在於世上。更何況就算當真存在，我也不懂為何要跟那種以奇妙方式移動的東西扯在一塊。」

哎呀，看來法露法是全面否定外星人存在的反對派。

姊妹倆抱持如此南轅北轍的見解，還真是實屬罕見呢。

「姊姊，妳這種說法太蠻橫了。要是因為不清楚就否定其存在的話，人類將無法進步。」

「妳這是自打嘴巴，將UFC與智慧生命體掛鉤的論調才不切實際，根本算不上是科學精神。」

兩個孩子互不相讓，直盯著彼此展開對立。

嗯～如果演變成爭執就不太好了。

於是我介入兩人之間。

「既然如此，妳們就去蒐集能說服他人的證據，趁此機會深入討論UFC這個問題如何？」

因為兩人都具有研究學者的精神，所以我把話題導向學術討論。

一旦有這個主題擋在兩人之間，就能避免口角繼續擴大。

「好！那就以公開研討會的方式來一較高下！」

「法露法是不會退讓的！有本事就放馬過來！」
「姊姊，研討會就訂在十天後如何？」
「沒問題，有十天就足夠人家找齊充分的資料了！」
對立的氣氛似乎沒有得到緩解……
想想法露法一直以來都是偏向理科，夏露夏則以文科為主，因此兩人鮮少在學問上針鋒相對。
不過關於UFC一事，兩人不知為何都頗感興趣，而且恰恰意見相左。
「吶，妳打算拿這兩人怎麼辦？亞梓莎。」
身為局外人的桑朵菈感到有些傻眼。
「說得也是……畢竟研究學者批評彼此的學說並非壞事，就暫時靜觀其變吧。」
而且偶爾讓法露法和夏露夏以學者的身分互相交流，或許也是個不錯的選擇。兩人老是宛如平行線般鑽研理科及文科，我總覺得有點可惜。
身為母親，我最終得出上述結論。

◇

在這之後，法露法跟夏露夏兵分兩路，奔走在各地的圖書館和諸多研究學者之間。

幸好家中有兩位龍族，因此無論是移動或蒐集資料都可以達到公平公正。另外也有請別西卜幫忙，讓兩人可以借閱魔族那邊的各種資料。

明明正值用餐時間，這兩個小丫頭卻都還在看書。

……那個，這樣已經違反用餐禮儀了。

「二位，吃飯時不可以看書喔。」

法露法與夏露夏隨即闔上書本。

「好的，媽咪。」「夏露夏也認為應該要遵守用餐禮儀。」

大概是想把握時間的關係，兩人都以飛快的速度用湯匙將食物送進嘴裡。

「師父大人，情況變得相當有趣呢。啊，這種說法似乎有些不妥。」

與此事並無直接關係的哈爾卡拉，說出這句相當客觀的感想。

「認真看待每一件事並無不妥。當人深入研究許多事情之後，總會碰上與他人意見分歧的時候。」

真要說來，我得好好感謝陪著女兒們四處東奔西走，卻未曾表現出一絲不耐煩的其他家人。

「兩位龍族真的是辛苦了，昨天也幾乎是飛遍全國各地吧。」

「不敢當，畢竟專注於學術研究的時候，任誰都會如此投入，能像這樣提供協助是我們的榮幸。」

咦？話說我以前有像這樣投入在學術研究上嗎……？

「芙拉托緹也很高興能在這場較勁裡出一份力！真叫人熱血沸騰！」

她居然把這件事當成哪來的決鬥了！

「對了，芙拉托緹可曾像這樣致力於學術研究嗎？」

「沒有耶。」

「抱歉，是我的措辭有些誇大了。」萊卡隨即更正自己的發言。畢竟這世上並非所有人都跟萊卡一樣生性認真。

其實還有另一名家人也被捲入這趟混水。

「羅莎莉，很抱歉麻煩妳每天花那麼多時間在觀測天空。」

身為幽靈的羅莎莉最近是負責待在屋外監控天空有無異象，就像現在也持續飄在天花板附近。

「別這麼說，反正我平常就一直飄在半空中無所事事。即使我是幽靈，依然想為大家帶來貢獻。」

「附帶一提，這段期間可曾看到什麼異象嗎？」

「嗯，是有見過一次移動方式非常奇怪的東西，當然我並不清楚那是什麼。」

既然又出現的話，難不成這裡還住著某種奇妙的動物嗎？

還是有類似外星人的存在跑來這裡調查事情？

「明天就是舉辦研討會的日子，妳們準備進行最後衝刺，但記得要量力而為。另外不許熬夜喔。」

法露法和夏露夏動作一致地點頭答應。

她們在這種時候還是老樣子很有默契呢。

◇

時間來到研討會當天。

我們在高原之家前設置一個臨時會場。不僅有講臺，講臺前還有給聽眾坐的長椅。聽說這些是法托菈化成利維坦型態幫忙運送過來的。

至於規劃舞臺的幕後功臣，則是在法露法和夏露夏的委託之下前來幫忙的別西卜。面對兩人的請求，別西卜一臉欣喜地把事情辦得妥妥當當。

講臺上有演講人專用的座位，後側則掛著一塊看板。

公開研討會

深度探討

UFC是什麼？

贊助　魔族農業省

既然掛上農業省這三個字，感覺應該有挪用魔族的稅金……我相信別西卜是明知這點仍執意去做吧。若是遭人投訴濫用公款，我可扛不起相關責任喔……

儘管這場研討會並沒有邀請學者來擔任見證人，但不知消息從哪裡傳出去，現場幾乎座無虛席。原來有這麼多人都對ＵＦＣ感興趣呀……

時間一到，瓦妮雅便走了出來。

「感謝大家前來參加今日的研討會。我是擔任司儀的利維坦族瓦妮雅。簡單的解說也同樣由我負責——那麼，馬上有請兩方代表。」

研討會終於揭開序幕。

一開始是法露法出現在臺上。
「首先是本次的UFC第一發現者法露法小妹妹，她主張的觀點是否定UFC為來自其他天體的智慧生命體。」
法露法配合瓦妮雅的介紹，朝臺下聽眾一鞠躬。
「接下來是事件發現當時也在現場的夏露夏小妹妹，她支持的假說是『UFC等於智慧生命體』。」
夏露夏大步流星地站上講臺。
看她的樣子應該是鬥志激昂。
隨後便看見別西卜走至臺上。難道她準備代表農業省致詞嗎？正當我以為她對麥田圈頗有研究之際，卻發現她懷裡抱著一個東西。
有一隻史萊姆在她的懷裡。不過顏色特別黑……想想我從未見過這種深黑色的史萊姆……
「接下來有請魔族的別西卜農業大臣——準確說來是大臣懷裡的聰明史萊姆先生。」
原來那隻黑色史萊姆就是位於范澤爾德城地底下的聰史啊！
以前法露法因為睡昏頭導致無法從史萊姆變為人形當時，曾向聰史尋求過協助。
後來又依序向魔法師史萊姆（摩蘇菈）、身為武鬥家史萊姆的武史萊商量過這件事。

真沒想到能在這裡再次重逢。所謂的緣分還真是不可思議呢。
「小女子是農業大臣別西卜。由於這隻史萊姆見多識廣，因此才帶他一同來參加。很遺憾小女子對ＵＦＣ了解不深，不過大家只需把小女子當成是兩位女兒的監護人即可。」
「她們的監護人是我啦！」
我氣得對臺上的別西卜大聲抗議。
「啊，除非開放提問，不然還請臺下的聽眾保持安靜。」
結果被擔任司儀的瓦妮雅給制止了。
唔唔唔～明明方才的發言與事實不符，我卻無法提出駁斥……
「緊接著是自稱古代文明之王的穆穆．穆穆小姐。」
看著小穆走到臺上，我不禁感到一陣心驚。
記得妳不該像這樣成為萬眾矚目的焦點吧!?雖然也不會有人真的相信她是來自古代文明的人啦……
「我會根據古代文明的基準暢所欲言，請大家多多指教。」
總覺得她到時真的會暢所欲言，害我有點怕怕的。
「下一位是自稱月亮妖精的占卜師．依努妙克小姐。」
老是無精打采駝著背的依努妙克走到臺上。

「那個，即便我是月亮妖精，對於外星人的事情也一無所知喔？這算是分類錯誤喔？我到時無法提供任何專門的講評喔？請不要之後才對我感到失望喔？」

依努妙克似乎感到相當困擾……

「最後是自稱神的梅嘉梅加神小姐。」

我聽完這段介紹，差點從椅子上跌下來。

居然連神都找來了!?

「想要『德行集點卡』的人，請於研討會結束後找我領取喔～」

梅嘉梅加神還是老樣子十分慢條斯理，只見她向會場內的聽眾們輕輕招手。

單就完全沒有正常人類這點來說，算得上是非常豪華的陣容。問題是現場聽眾應該沒有人能明白這點才對。

「那個，身為司儀的我有個很單純的疑問，請問其他星球當真有智慧生命體存在嗎？您身為神對此有何看法？」

確實是個非常單純的疑問，偏偏妳詢問的對象是神，別這麼猝不及防地聊到這場研討會的關鍵啦。

「那個～這就有點難說囉～？不過除了這個世界以外，還存在著許許多多不同的世界。如此一來，即使月亮或其他星球上有其他生物也不足為奇對吧～？但因為這部分不是我創造的，所以我不太清楚耶。」

以那麼輕浮的態度講出這段發言當真不要緊嗎!?
「也就是說，在梅嘉梅加神的教義裡是傾向於其他星球存在著生物囉。」
「但終究只是或許而已。況且就算當真有其他生物，對方是否有來到這裡，老實說又是不同的問題囉～」
這麼說也對。其實就連依努妙克也無法前往位於此星球外側的月亮上。前往其他星球一事可說是困難重重。
換言之，其他智慧生物也幾乎不可能從宇宙來到這裡囉？
不對，這場研討會就是要討論此議題。我就仔細聽聽兩位女兒怎麼說吧。
「那麼，首先有請夏露夏小妹妹上臺發表研究成果，主題是『來自外星球的特殊訊息～我們該如何回應～』。發表時間為三十分鐘。」
夏露夏緩緩地站上講臺。
下一刻，講臺後方投影出靜止圖與文字。

來自外星球的特殊訊息
～我們該如何回應～

前言
1　針對本次ＵＦＣ的研討
2　與往昔ＵＦＣ目擊證詞的共通點
3　跟往昔ＵＦＣ目擊證詞的差異以及本次的特殊點
4　總結

居然出現類似POWERPOINT的東西！

「那個，司儀我稍微在此補充說明。此畫面是利用魔族近來所開發的新魔法，可說是相當方便喔～」

這場研討會似乎比我想像中更為正式耶……

「那麼，請大家翻閱手邊的資料。」

夏露夏開始講解。至於臺下聽眾的座位上皆放有兩方演講人所提供的厚重資料。

倘若還是學生時代的我，恐怕聽到一半就開始打瞌睡了……

當我如此心想之際，坐於一旁的芙拉托緹已在呼呼大睡。

「嗯～……野豬、鹿還有蝴蝶居然合體了……這肉的味道好奇怪喔……」

她似乎做了個奇怪的夢。算了，想想她對此議題是完全不感興趣。

即使當真有友善的外星人前來造訪，總覺得芙拉托緹也會找對方切磋，然後就這麼演變成星球之間的全面戰爭……

那麼，就來聽聽夏露夏的論點吧。

夏露夏語氣沉穩地開口說明。報告內容忠實呈現出她一板一眼的個性。

「——誠如上述所言，本次目擊之物體的移動方式有別於鳥類或龍族，甚至與任何擁有飛行能力的動物都沒有相似之處。那樣的動作很難和我們目前所知的生物聯想在一起。不過光是單看這個部分，就已經無法將該物體定義為新品種的生物。」

夏露夏的主張是該物體為來自外星球的訪客。

可是這次跟我前世聽來的ＵＦＯ議題有所差異，關鍵就在於此處是指未知飛行「生物」，並沒有局限於外星「人」。

夏露夏背後那類似 POWERPOINT 的東西忽然切換畫面。

「因此，這就是人家想像中的外星生物。」

畫面裡有著很像是外星人會搭乘的圓盤狀ＵＦＯ——

——不過上面多畫了一張臉！

「夏露夏覺得來訪的就是這種生物。相關生態尚屬不明，但人家認為此生物與我們的生活方式截然不同。」

嗯～……確實就算擁有高度智慧，外表也未必就是人型……這算是我們以自身外貌去衡量所產生的偏見吧。

可是，長成那副怪模怪樣的生物當真擁有智慧嗎……

「夏露夏的報告到此結束，感謝大家的捧場。」

夏露夏向聽眾鞠躬行禮後，便回到自己的座位上。

儘管無法肯定內容的真實性，不過聽起來真的很有意思。

對了，萊卡就坐在我身旁，正好來請教一下她的看法。

「吶，萊卡有遇過這類奇怪的飛行物體嗎？」

說起龍族是經常飛在空中，感覺上很有機會目擊ＵＦＣ。

「那個……我不曾見過這種奇妙的生物……畢竟只要撞見一次，就會令人印象深刻……」

「意思是萊卡妳沒看過囉。」

按照萊卡的說法，總覺得這類神祕生物應該不存在才對。

但是該生物刻意掩人耳目的話，或許就難以發現吧。想想也不會有人沒事去接近龍族。

「那麼，接下來有請法露法小妹妹上臺發表研究成果。在這之後才會統一開放聽眾發問喔~研究主題是『UFC的真面目是產生於大氣中的特殊雲朵』。」

會場內傳來一陣「喔喔！」的驚呼聲。

看來「特殊雲朵」的假說很有爆點。

法露法神情得意地站至講臺上。

「大家好，人家是法露法！此次目睹神祕飛行物體時，法露法也感到相當吃驚。經此一事後，至少令人家深刻體認到想堅稱那其實是小鳥的說法是非常牽強。不過馬上就斷定那是外星生物又十分不合邏輯。在蒐集過多方科學資料與驗證之下，最終得出那其實是雲的結論！」

親眼見證女兒最輝煌的一刻——以上是我目前的感受。

法露法也在 POWERPOINT 裡放上各種資料。

但因為法露法精通理科，所以比起夏露夏放了更多與算式有關的內容，對我來說是過於艱澀難懂……

芙拉托緹還睡死到從椅子上跌下去。

雖然這樣的反應對演講人非常失禮，不過上臺的都是自家人，也就不必計較太多……

「以上就是人家的報告！」

聽眾發出熱烈的鼓掌，我自然也跟著賣力拍手。

「儘管很令人不甘心，可是她報告得確實相當精采！」就連外星人支持派的聽眾也不禁說出上述感想。表示這段演說出色到讓對手都忍不住表示欽佩。

對於兩位女兒本來不該區分優劣，但是單就雙方的演講內容，聽眾對法露法給出較高的評價——大概吧（畢竟我都聽不懂）。

「那麼，接下來是開放提問的環節。如果有任何疑問，歡迎各位舉手發問～」

瓦妮雅對於司儀一職莫名地駕輕就熟。

這場議論本身是相當活絡，不過內容過於專業且艱澀，我完全是鴨子聽雷。

唯一能明白的事情，就是兩方陣營都堅持己見不願妥協。

——很明顯就是有這類構造特殊的生物造訪此處！

——不對！許多資料都已證明那就是雲朵！

雙方就這麼爭論不休。

「亞梓莎大人，這場辯論恐怕會沒完沒了……畢竟兩邊都無法明確推翻對方的論點，導致雙方都不肯退讓。」

中立派的萊卡說出感受。

「是啊，因為大家都是研究學者，豈會輕易認輸。」

「接下來是中場休息時間！下半場將有請其他受邀的專家們提供見解。」瓦妮雅以上述方式讓這場辯論暫時落幕。

嗯，幸好趕在氣氛鬧僵之前出面——

「這附近沒有公共廁所，有需要的人請前往高原之家。」

「等等，瓦妮雅！這種事好歹先問一下我們嘛！」

這可不是三五好友跑來家裡的程度喔。

偏偏我的家人也不是省油的燈。

「『食用UFC』，好吃的『食用UFC』，歡迎大家選購喔！」

哈爾卡拉居然在推銷點心！

她脖子上掛著一個類似托盤的東西，遊走在座位間兜售商品。

「妳還真會做生意耶！但是販售這種專為特定活動設計的新商品，難道不會虧錢嗎？」

「這不是新商品，純粹是稍微換個包裝而已。」

聽得一頭霧水的我，拿起『食用ＵＦＣ』仔細端詳。

發現這跟我以前製作的『食用史萊姆』一模一樣。

「這只是『食用史萊姆』沒了史萊姆的臉嘛！」

「啊，師父大人，請不要說得那麼大聲！老實說我是覺得這東西的形狀近似於ＵＦＣ，才想說來試賣看看。」

儘管我挺懷疑這樣是否真能吸引客戶上門，不過該說是這東西很適合當作土產，或是大家對這類具有話題性的商品比較不挑，最終竟然賣出不少。

中場休息時間結束後，研討會迎向下半場。

「那麼，下半場就來徵求四位專家的意見。首先有請自稱古代文明之王的穆穆．穆穆小姐，請您多多指教。」

「嗯，人家是沙沙．沙沙王國的穆穆．穆穆，對於遠古時代的事情非常清楚，歡迎大家提問。」

在蒞臨現場的一般聽眾裡，應該沒幾個人相信小穆是沙沙．沙沙王國的國王，真虧舉辦方能請來這種跌破大家眼鏡的人物耶……

「啊～我以司儀的身分代替聽眾向穆穆．穆穆小姐請教一個大家都很好奇的問題，請問古代文明時代也有出現類似未知飛行生物的存在嗎？」

「沒有。雖然人家不太清楚，但我們都有仔細調查過那些飛行物體。」

「那麼，您對於那些移動方式特殊的物體是雲朵的假說有何見解呢？」

「人家是沒有親眼見過，不過那些未知飛行物體能夠平移吧。說起雲朵，真有辦法那樣直直往側面移動嗎？況且有時是逆風而行，這就有點奇怪囉～雖然人家不太清楚啦。」

當最後補上一句「雖然人家不太清楚」，就讓人覺得整段話毫無可信度。

「原來如此。那麼，您的說明算是結束了嗎？穆穆．穆穆小姐。」

「差不多就這樣啦。雖然人家不太清楚。」

這種時候就該說得斬釘截鐵啊！

「下一位專家是自稱神的梅嘉梅加神小姐。以神的角度來看，您對ＵＦＣ有何見解呢？」

「我想想喔～雖然此事存在著各種疑點，不過人生就是這樣才有意思呀。」

乍聽之下是個委婉的意見，卻又讓人覺得是在打馬虎眼。

即便早已知曉外星人和ＵＦＣ是否真的存在，站在神明的立場上也不便輕易當著世人面前公布真相。

「除此之外還想補充什麼嗎？」

「信者能得到救贖！」

梅嘉梅加神朝觀眾拋了個媚眼，以這句話來轉移焦點。

「啊～一連兩位專家都給出毫無參考價值的意見。」

瓦妮雅，妳未免也太老實了吧。

「第三位專家是自稱月亮妖精的依努妙克小姐，職業是口碑相當不錯的占卜師。有請月亮妖精針對外星人一事提供意見。」

所有人的視線都集中在依努妙克身上。

「……其、其實我也想要這種能夠前往其他星球的技術！」

依努妙克略顯失控地大叫出聲。

「因為我是月亮妖精，也想去月球看看！問題是我去不了！根本就辦不到！若是有人來自其他星球，就會拜託對方帶我前往月球！」

「換言之，您是支持外星人真的存在嗎？」

「是希望真的存在！不對，老實說也未必需要外星人，只要對方擁有能往來於星球間的技術或方法即可！」

完全是為了滿足私慾！

會場內接連傳來「邀請的專家全是來搞笑的吧」、「大概是研討會舉辦得太臨時，只要請藝人來充數吧」諸如此類的感想。

不好意思，他們並非哪來的藝人，都是貨真價實的國王、妖精以及神喔……

或許算是挑錯人選了。可是距離ＵＦＣ騷動僅僅過了十天，最終只邀請到這些熟人來參加也是無可厚非。

「那麼，最後一位專家是聰明的史萊姆，簡稱聽史。雖說無論是多麼聰明的史萊姆，我實在不覺得會對外星人了解多少，但還是請問您對此有何看法？」

瓦妮雅也漸漸開始自暴自棄了。

「小女子是農業大臣別西卜。由於聽史不會說話，因此我會適度說點什麼。接下來先將畫面切換成聽史專用樣式。」

於是，狀似 POWERPOINT 的畫面變成像是鍵盤的圖案。

原本待在桌上的聽史，蹦蹦跳跳地移動至投影出有如鍵盤般的畫面附近。

想想他以前也是用這種方式跟我們對話。

聽史開始撞擊畫面上的文字。

因為聽史不會說話，所以得用這種方式來表達。

「翻譯就交由小女子負責。大家好・我是・聰明的，史萊姆・真是一場・出色的研究發表會。很可惜受邀的專家們是狀況百出。」

最後那句話肯定是別西卜的個人意見。

聽史繼續撞擊畫面上的單字。

「外星人・的・說法，很有意思・不過，我・從・UFC的・移動上・發現到・一件事。喔~看來聽史似乎明白什麼了。」

場內一陣騷動。

意思是準備揭曉真相了嗎？

夏露夏錯愕得當場愣住，法露法則用雙手摀住嘴巴。

聽史繼續撞向畫面，利用單字組成句子。

我在不知不覺間也僵硬地嚥下口水，關注著聽史想表達的話語。

會場內的每一個人都全神貫注在聽史的舉手投足上（但因為他是史萊姆，所以也不曉得四肢是長在哪裡）。

「按照・我的推測・其真面目——」

UFC的真實身分到底是什麼!?

現場鴉雀無聲，只剩下聽史蹦蹦跳跳所發出的聲響。

「就是・飛行・史萊姆。本次的神祕飛行物體是『飛行史萊姆』。」

竟然是史萊姆!?

「別西卜小姐，這太奇怪了！因為飛在天上的史萊姆可說是前所未聞！」

夏露夏激動地起身抗議。

我能理解夏露夏的心情。老實說就連我也沒看過飛上天去的史萊姆，史萊姆就只會透過跳躍來移動吧。

場內也接連出現「史萊姆又不會飛！」的意見。

不過聽史沒有將眾人的反應放在心上，繼續衝撞畫面編織著話語。看來現場最冷靜的人就是聽史。

「大家・無法接受・這個說法・對吧・我能理解・因此・我已經・備妥・證據了。小女子在聽完聽史的見解後，有將該史萊姆帶來現場。」

接著，別西卜從袋子裡取出一隻史萊姆。

這隻史萊姆看起來並無異樣。

甚至不像聽史那樣黑得發亮。

「來，你想去哪都行。」

別西卜將史萊姆一口氣拋上天去。

真不愧是高階魔族的臂力，史萊姆飛升至比高原之家的屋頂更高的地方。倘若有小朋友被這麼對待，十之八九會嚎啕大哭。

依常理判斷，那隻史萊姆應該會受到重力的影響開始往下墜落——

但牠居然停滯於半空中！

「嗚啊啊啊！」「什麼情況!?」「是魔法嗎!?」

場內是一片混亂。史萊姆就這麼神奇地停留在天上。

而且那隻史萊姆——

伴隨著「嗡～嗡～」的聲響開始在空中平移。

簡直就像是該處有一面隱形地板！

「這跟法露法看到的情況完全一致！就是那樣在天空移動！」

法露法隨即從座位上起身，狀似再也無法保持冷靜了。

「就跟夏露夏看見的……一模一樣……」

在看見那隻史萊姆的移動方式之後，夏露夏臉色蒼白。

這段期間，聽史繼續衝撞畫面。想想即使已經看習慣了，這種表達方式還真辛苦耶……儘管聽史沒有表情，也不會抱怨喊累，但我相信他是個很努力的史萊姆。

© Benio
!!

「極少部分的・史萊姆・擁有・飛行・能力・一般人・不知・此事・所以・遠觀，以為是・新物種。因此當人發現於高空中飛行的史萊姆時，才會誤以為那是未知飛行生物。畢竟這種史萊姆並不常見，想找到牠們還挺困難的。」

別西卜張開翅膀飛上天去，將那隻史萊姆抓回來。

「這個小傢伙是在魔族境內發現的。大概是在此附近也出現了這類突然變異的史萊姆。」

想想我們眼中的UFO，形狀確實近似於史萊姆。

若是撞見在遠處飛行的史萊姆，我也會以為是哪來的UFO吧。更何況其外觀與鳥類以及龍族是相去甚遠。

夏露夏渾身無力地舉起一隻手。

「夏露夏覺得這次目擊的UFC是飛在天上的史萊姆……決定收回自己的假說。」

法露法緊接著也從座位上起身。

「法露法也決定取消雲朵有著特殊移動方式的假說……」

雖然兩人都露出相當失落的表情，但我覺得她們的表現都值得讚許。

「法露法、夏露夏，妳們都很棒喔！」

我大聲鼓掌讚美兩人。

反正研討會幾乎已接近尾聲，接下來就任由我暢所欲言囉。

「承認自己的意見有誤，可是需要莫大的勇氣，而且遠比堅持自己的主張更加困難。反觀妳們都能做到這點，真的是非常偉大喔！」

萊卡與哈爾卡拉似乎也明白我想表達的意思，於是開始鼓掌。

最終，會場內所有人都為她們獻上掌聲。

「而且某些ＵＦＣ也許與外星人有關，一部分的ＵＦＣ仍有可能就是雲朵，單純這次目擊到的恰巧是飛行史萊姆罷了。因此女兒們都表現得很好，大可以自己為榮！」

「喂，別西卜，不要把鋒頭全搶走啦！」

「誰叫小女子是受邀同臺的專家！其餘聽眾有意見的話請舉手發言！」

可惡……別西卜果然利用職務之便，趁亂說得好像兩人都是她家女兒……

ＵＦＣ研討會就此正式落幕。

為了這天特地趕來參加會議的ＵＦＣ專家們都已離去。聽說弗拉塔村的旅館因此生意興隆，算是為村莊帶來不錯的經濟效益。

變成利維坦型態的瓦妮雅，手腳俐落地把座椅和器材都裝到自己背上。

那麼，我也得以母親的身分關心一下兩名女兒。

話雖如此，看情況似乎用不著我來操心。

法露法跟夏露夏就這麼看著彼此互相交談。

「姊姊，夏露夏已經反省過了，人家不該在沒有充足證據的情況下就堅稱那是外星人……」

「法露法也犯下相同的錯誤。畢竟科學是要設法找出真相，不該當成與人競爭的手段，結果法露法居然一心只想跟夏露夏分出高下。」

兩人同時伸出手來，輕輕握住對方的手。

幸好她們順利和好如初。

這就是所謂的越吵感情越好吧。

即使雙方爆發爭執，但在和好之後反而會加深彼此的羈絆。

就在這時，哈爾卡拉一臉欣喜地走了過來。
「師父大人，師父大人，沒想到我的突發奇想竟然就是正確答案呢！」
「嗯？此話怎說？記得妳又沒有提出任何——啊！」
看著哈爾卡拉拿在手中的包裝紙，我隨即恍然大悟。
包裝紙上寫著以下這段標語。
『食用ＵＦＣ，無論你相不相信外星生物的存在，都會忍不住一口接一口！』
「妳只是將『食用史萊姆』的包裝改成『食用ＵＦＣ』拿來販售，沒想到這竟是再正確不過的解答！」
有時就是會出現這種瞎貓碰上死耗子的情況。
當然若是沒有嚴謹的驗證，也就無法在科學上得到認可，不過偶爾就是會被這類突如其來的靈感給猜中真相。
「話說原來還有飛行史萊姆呀～想想史萊姆的世界還真深奧耶。」
我因為哈爾卡拉的一席話而大驚失色。
「也許史萊姆還具有其他更為罕見的特性喔……」
說起史萊姆可是數量龐大，並且遍布全世界。
既然多不勝數，就有可能以近乎奇蹟般的機率誕生出空前絕後的品種。
「下次狩獵史萊姆時，我看還是先觀察得仔細點再動手好了。」

以免哪天誤殺非常珍貴的史萊姆。

此時，有一隻史萊姆蹦蹦跳跳地逐漸接近我們。

「這種時候還真叫人難以下手……但也無法從今以後不再狩獵史萊姆……」

此時，法露法快步跑了過來。

「那是壞史萊姆！快打倒它吧！」

法露法一拳揮去，那隻史萊姆立刻化成魔法石。

接著她一臉困惑地看向我。

「媽媽，發現壞史萊姆得要打倒才行喔？要不然好史萊姆會很傷腦筋的。」

「我到現在還是無法區分它們喔！」

雖說顏色深淺是有所不同，但想正確區分其實相當困難。

既然身為史萊姆妖精的法露法都直接動手了，我就當成是即使繼續狩獵史萊姆也沒問題的意思吧……

造訪世界三大難以一睹尊容的賢者

She continued destroy slime for 300 years

ＵＦＣ研討會結束之後，別西卜仍待在高原之家，並且留下來享用晚餐。

另外，小穆是跟羅莎莉一起在其他房間用膳。至於梅嘉梅加神聽說是陪著月亮妖精依努妙克一同前往納斯庫堤鎮的某間餐廳，在那裡聽她訴苦。

「法露法和夏露夏還是應該去念大學，小女子是建議她們來報考范澤爾德大學。」

「我看妳是希望她們去魔族的領地內就讀大學，然後寄宿在妳家對吧。」

「亞梓莎啊，小女子可沒有說過這種話喔。雖然是正準備這麼提議啦。」

所以妳到頭來還是想這麼做啊。

不過法露法跟夏露夏這次都非常努力，我能理解她想褒獎兩人的心情。話雖如此，我仍舊不同意把她們帶到魔族的領地去。

原因是沒必要將兩人從這個適合撫育孩子的清幽之地，送往那種吵雜擁擠的大都市。倘若前世的我也從小生長在這種空氣清淨的高原上，或許就會走上不同的人生吧？等等，這種事情想再多也毫無意義吧……

「大家都吃飽了吧。那我去拿點心過來。」

我起身慢慢走出餐廳。

「妳這個反應莫名有些做作喔。」

別西卜，妳少在那邊多嘴啦。

我在法露法與夏露夏的面前分別各放一份『食用史萊姆』。

而且尺寸比以往大上一圈。

「嗚哇啊！原來還有這麼大顆的呀！」

「看起來似乎比平常那種大上四倍……感覺食量很大的人也能得到滿足呢……」

兩位女兒顯得相當驚訝。看來這個驚喜非常成功！

「哼哼哼，這靈感是來自哈爾卡拉的『食用ＵＦＣ』。我有幫每個人都準備一份喔。」

「亞梓莎大人，雖然這麼說有點厚臉皮……假如數量足夠的話，我可以來個五份嗎？」

「芙拉托緹也一樣要五份。」

看在食量很大的龍族眼裡，這點尺寸似乎無法讓她們得到滿足……

「若還想吃是可以再準備，妳們稍等一下……目前先每人一份吧。」

下個瞬間，一顆烤焦的『食用史萊姆』映入眼簾。

那是聽史，他此時待在餐桌的角落。

啊~因為他是和別西卜一同過來的，所以也順便留下來吃晚餐。

「聽史……我忘了你還在這裡，就拿出『食用史萊姆』來招待大家。若是有冒犯到你的地方，希望你能見諒。」

聽史緩緩地左右扭動身體。

他的意思應該是「請別這麼說」。

「這樣啊。聽史似乎想說什麼，大家來看一下。」

語畢，別西卜在牆壁掛上一張每個方格裡都寫有單字的方巾。大概是聽史的簡易鍵盤吧……以構想來說還挺像是筆電的……

聽史再次撞擊一個個單字組成話語。

「就由小女子來負責說明喔。因為我・受到邀請・希望各位・能帶我前往・世界・三大・賢者所在的・無法接近之島……嗯嗯，啊~亞梓莎妳先去準備『食用史萊姆』，我之後再告訴妳。」

總覺得別西卜對我的態度好像特別隨便，想想我對她似乎也差不多，於是我又端了幾份『食用史萊姆』過來。

也許是衝撞牆壁太多次的關係，聽史莫名顯得有些疲憊……

比起他剛參加研討會當時，身形好像有些憔悴。

「那個，你還好吧？我來幫你施展恢復魔法。」
聽史聽見後，又繼續撞向牆壁。
「他應該是想說『麻煩妳了』。」
「明明是想幫他打起精神，結果反而讓他更累！」
我一詠唱完恢復魔法，聽史變得比較有精神。這下子能暫時放心了。
「別西卜，聽史想對我們說什麼嗎？儘管根據方才的隻字片語已能了解情況。因為他受到世界三大賢者的邀請，所以希望我們能帶他前往賢者所在的無法接近之島吧。」
「全被妳說完啦。妳答對了！」
聽史跳到別西卜的大腿上。他這樣頗像是哪來的寵物。
「細節就交給小女子來解釋吧。按照聽史以前提過的內容，這世上存在著三大賢者，其中一位就是聽史，於是其他的世界三大賢者就邀請他想見一面。」
「原來聽史是如此偉大的存在呀……」
萊卡吃驚地用手遮住嘴巴。老實說我也相當詫異。
「夏露夏，妳有聽說過世界三大賢者嗎？」
夏露夏點了點頭說：
「夏露夏所知道的世界三大賢者，是住在安賽爾村的沙納利、西斯老翁以及大金尼斯。」

「嗯～我全都不認識……等等，聽史並沒有包含在裡面呀！」

法露法隨即舉手發言。

「法露法知道的世界三大賢者是速讀的耶坦、熟讀的戈普恩跟睡眠學習的托爾屯。」

「聽起來都是有冠上稱號的人。而且聽史同樣沒包含在裡面！」

難不成所謂的三大〇〇，全都是沒自信能擠入世界排行前三名的人瞎掰出來的？

「順帶一提，關於世界三大賢者為何眾說紛紜，到現在都尚未釐清。聽說以前報名世界三大賢者的賢者人數，似乎多達三百名以上。」

「這麼一來，也就算不上是三大了吧……」

大概是自稱世界第一賢者，難免會有自認為很聰明的人上門投訴，一旦放寬標準改成世界三大賢者這類頭銜，就不太會有人跑來投訴吧。

此時，只見聽史再度衝撞牆上那塊宛如鍵盤的方巾。

「怎麼怎麼？補充・嚴格說來是・世界・三大・難以・一睹尊榮的・賢者・因為我・同樣很難找。以上就是聽史想說的。」

世界三大難以一睹尊榮的賢者！

這頭銜還真是狹隘耶……

「想見到聰史先生確實是挺困難的。首先得前往魔族的城堡，然後設法找出通往地底的入口……」

萊卡很快就釋懷了。想想聰史根本就住在形同存放隱藏寶箱的地點……

「小女子繼續說下去囉。所謂的無法接近之島，是世界三大難以前往的島嶼之一，當地的洋流極為特殊，一般船隻完全無法接近。就是住在該處的賢者發出邀請。」

能理解有些島嶼基於洋流的關係讓人難以前往。

「那就由本小姐芙拉托緹從空中飛過去吧！」

「島嶼周圍設有無法從空中接近的結界，該處甚至曾被由海賊創立的小國當成要塞使用。」

我起先只覺得這是一樁鬧劇，但在聽完介紹之後，莫名覺得挺合理的。

畢竟海賊熟知當地洋流，自然會挑選易守難攻的地方當作據點。

「所以，聰史希望我們能帶他前往『世界三大難以一睹尊榮的賢者』所在的無法接近之島嗎？」

聰史隨即衝撞鍵盤方巾上的「是」。我看提問時盡可能改用只需回答「是」跟「否」的問題就好……若是害他撞牆太多次，莫名令我有股罪惡感。

「事情就是這樣。不過一如我剛才的說明，無法靠龍族飛過去，因此能選擇的交通工具就只有船而已。」

「也就是得搭船出遊囉。想想我至今從未搭過船耶。」

由於南堤爾州不靠海，因此我自然是與船無緣。雖說曾經造訪過沿海的城鎮，但我們基本上都是乘坐龍族出遊。

「我是挺想去看看的，再加上承蒙聰史你不少照顧，自然是很樂意幫這個忙……可是洋流複雜的話，表示該處危險到有可能遭遇海難或沉船……也就不便帶全家人一同前往了。」

法露法和夏露夏都露出相當失望的表情，不過這趟旅程並非出外觀光，這次就只能請她們乖乖看家了。

「感覺上我跟著一起去絕對會導致沉船，所以我就不去了！」

哈爾卡拉主動放棄機會。

「我是覺得應該沒那麼誇張，但妳這種主動遠離危險的態度值得讚許！」

倘若哈爾卡拉一塊去，老實說我也會怕怕的。

就算沒沉船，她還是有可能因為暈船在那邊狂吐。即便當真沒暈船，仍然很有機會喝到爛醉在那邊狂吐。

「感覺上會是一趟充滿許多變數的旅程，太多人一同前往絕非良策。聰史由小女子負責照顧，相信再加上亞梓莎妳應該就足夠了。」

「妳是何時瞧見我點頭答應了……」

總覺得聰史好像一直看著我。

那雙眼神彷彿在懇求我實現他的心願……

「好啦好啦！我答應就是了！接下來得找幾位懂得航海的專業人士。」

「嗯，沒問題。船就交由小女子來準備。其實魔族對船隻不太有研究，得花點時間調查才行。」

於是我確定了得搭船前往無法接近之島。

不過，我腦中忽然閃過一個疑問。

「對了，無法接近之島的賢者是如何發出邀請的？」

難不成是透過魔法交流？

「是有個裝著這封信的瓶子被沖到海岸上。」

> 聰明的史萊姆大人
>
> 我是世界三大難以一睹尊容的其中一名賢者，就住在無法接近之島上喔～☆
>
> 如果可以的話，希望能與你見面！
>
> 我的外表看起來大約是25歲左右～(*"ω"*)
>
> 海鷗們都說我可愛得不得了喔☆
>
> 拜逼

「整篇文章就像是出自哪個呆瓜之手！」

吸引我前往的意願立刻驟減四成。

「另外按照背面的月曆來看，這是超過十年前的信了……」

「嗯，意思是在歷經漫長的漂流之後，這封信終於送到聰史手中。簡直堪比發生奇蹟。」

「那個，這應該不是什麼惡作劇吧……？」

我擔心這是聽史在知曉真相後會非常傷心的那類驚喜。

「關鍵在於這張信紙是利用無法接近之島當地的特有植物所製成，天底下沒人會用如此麻煩的方式來惡作劇。再加上若想捉弄人的話，好歹會把文章寫得更像是出自賢者之手。像這種腦殘的內容，可信度反而比較高。」

「這番推論真是太精闢了！」

如果問我是否想見見能一手寫出如此內容的人，老實說我是興致缺缺，不過此事得由聽史來決定。

縱然本人長年過著狩獵史萊姆的生活，這次卻為了史萊姆踏上旅程。

◇

我乘著萊卡來到與別西卜等人會合的席拉里納港鎮。

附帶一提，萊卡沒有參加這趟旅程。

「南方的氣候真宜人呢。」

萊卡露出一副像是來度假的樣子。此處的氣溫就是如此溫暖。

「就是說呀。這麼舒適的地方，相信自殺的人也會比較少吧！」

羅莎莉則是說出這段完全能毀了度假興致的感想。

「啊，不過那條路上有個死於他人之手的惡靈。原來如此，是因情殺而死的船員。畢竟當地居民普遍都很有朝氣，讓人忍不住想拈花惹草。」

「羅莎莉，這類解說就不必了……」

之所以會邀請羅莎莉一同前往，是因為我相信她能在航海之旅裡幫忙。而她也是除了我以外唯一同行的家人，理由是她不會有生命之憂。

「請交給我吧，亞姊！如果發現因船難而死的惡靈，我會代為仔細打聽情報的！」

沒錯，我覺得出海後應該很容易碰上幽靈，因此才拜託羅莎莉來負責與這類存在接觸。

另外要是遇見曾以無法接近之島為據點的海賊幽靈，也能順便請教該如何前往。

「話說回來，其他參加者好像都還沒到耶。」

「啊，亞梓莎大人，那位不是水母妖精裘雅莉娜小姐嗎？」

我朝著萊卡所指的方向看去，發現裘雅莉娜小姐就這麼仰躺在防波堤上。

她也是這趟旅行的參加者。

「裘雅莉娜小姐，妳在做什麼呢？」

「這是藝術，是水母藝藝藝藝藝藝術。」

不覺得這段發言是在數落藝術家嗎？

「我故意像這樣倒在地上，藉此將對於死亡的想像應用在創作上。水母母母……」

「我明白了，妳就儘管想像吧。但請妳別為了藝術，做出把船弄沉的行為喔……」

邀請裘雅莉娜小姐同行的理由是她平常就住在島上，外加上她是來自海洋的水母妖精。

而且她已活了很長一段時間，也許握有無法接近之島的詳細情報。但如果她沒聽說過也無傷大雅。

我陪著裘雅莉娜小姐發呆一陣子後，拍動翅膀的別西卜抱著聰史飛了過來。

「大家都到齊啦。小女子也準備好搭乘的船隻囉。」

「有找到優秀的船隻嗎？」

「妳儘管放心，我雇了一艘最適合這趟旅程的船隻喔！」

看著豎起大拇指的別西卜，我就姑且相信她吧。

當我們抵達船隻的停泊處——

眼前是一艘周圍瀰漫著黑霧，桅杆已經斷裂，船身千瘡百孔的船隻……

「居然是幽靈船！」

「亞梆，真虧妳看得出來耶。那是一艘名副其實的幽靈船，上頭還載著好幾名惡靈！」

我一點都不想知道這些情報！

「對幽靈船來說，不會因為觸礁那點小事就沉沒。不覺得這是個很聰明的點子嗎？順帶一提，這艘船叫做第七幽靈號。」

幸好我沒有當成要去觀光，把全家人都帶來這裡……

「亞梓莎大人，羅莎莉小姐，祝妳們旅途平安……其實我很不擅長應付這類嚇人的事物，因此挺慶幸自己沒有參加……」

萊卡臉色發青地露出苦笑。想想我確實沒有挑錯人選……

「嗯，假如情況允許，我會帶土產回來的……」

我懷著忐忑不安的心情登上幽靈船。

被聘來的其中一名船員從我面前經過——

「船上全都是骷髏船員……」

穿著水手服的骷髏們全在工作。看來這是一艘如假包換的幽靈船。

「喔～亞姊，它們都顯得很有活力喔！」

「這情況算得上是有活力嗎……？啊，裘雅莉娜小姐有何感受？我想聽聽妳的心底話……」

畢竟她是受邀前來，結果卻搭上幽靈船。被人以如此要命的方式對待，就算心生不滿也不足為奇。換作是我肯定會抓狂。即便沒有骷髏船員，終究是一艘破爛不堪的幽靈船。

「這真是……太棒了……」

裘雅莉娜小姐的臉上綻放出笑容。

由於她平常給人的感覺是一本正經，這反應倒是讓我頗意外的。

「這艘船充斥著大量的負面情緒……令我的創作欲望高漲到無以復加……我現在只想趕快畫畫……」

結果竟是皆大歡喜！

難不成我這次挑的人選完全正確？

「好，畢竟機會難得，就跟船長打聲招呼吧。」

我們在別西卜的帶領下往前走。大概是身為魔族的關係，她對幽靈船沒有感到一絲害怕。

「我看船長也是個骷髏吧？」

「妳猜錯囉，船長並不是骷髏。因為骷髏無法取得停船許可。」

「居然牽涉到法律層面！」

「這可是十分重要的一點。在人類的領地裡，不同意讓骷髏取得停泊簽證。基於這點，不得不由其他人擔任船長。」

儘管乍聽下很像是骷髏遭到排擠，問題在於如果我看到船長是個骷髏，縱使是外觀正常的船隻也不想搭乘……

「別西卜大姊頭，所以這艘船有得到人類國家的簽證嗎？」

這次發問的人是羅莎莉。

「這是自然，要不然像這樣駛進港口會視為觸法。我們怎能因為這點雞毛蒜皮小事與人類起爭議？」

天底下居然還有這種遵守法律的幽靈船……

這就跟完全遵守交通規則的飆車族一樣充滿矛盾。

當我們如此交談之際，已經來到船長室前。

別西卜敲了敲門。

「船長，我們的人都到齊了，想說跟妳打聲招呼。」

「……好的～請進～」

換來一聲嗓音略顯慵懶的回應。

接著從房裡走出一名髮色鮮豔的女性人類，但我很快就發現自己弄錯了。

因為她的下半身是魚。原來是人魚。

「大家好～我是～擔任船長的～伊姆蕾蜜可～今年四百二十三歲～工作原則是遵守航海安全～請各位多多指教～」

這個世界的人魚同樣相當長壽。就像日本也有八百比丘尼的傳說。等等，該傳說是吃下人魚肉的女性活了八百年，並沒有提到人魚很長壽……不過人魚的肉都擁有這等奇效，相信本身也十分長壽才對。

我們也依序自我介紹。如今再仔細想想，我方不是惡靈就是妖精，甚至還有個聰明的史萊姆，身分上也相當特殊，因此聘個人魚船長或許是不錯的選擇。

「伊姆蕾蜜可小姐擔任第七幽靈號的船長已有很長一段時間。」

「啊、關於船名～因為聽起來有點觸霉頭～所以改為天國旅行號了～」

這名字也同樣觸霉頭，總覺得到時會因為沉船而送命。

「對了，請問妳為何會擔任幽靈船的船長呢？」

反正機會難得，就趁現在向船長提問吧。

現場暫時陷入沉默，理由是船長生性慵懶，每次都會延遲一點時間才開口說話。

「因為我是人魚～即使沉船也不會沒命～對我來說是安全無虞嘛～」

「問題是乘客有可能會翹辮子，老實說我並不想聽見這種答案……」

這艘船當真不要緊嗎？別西卜表示幽靈船不容易沉沒，我可以相信她嗎？

「另外～我這個人的步調比較慢～一般以航海為生的人～個性都比較急躁～我實在是配合不來～這群骷髏船員～對我來說～反倒是剛剛好喔～」

「啊，這部分我完全能夠理解。」

對討海人來說，應該會受不了這個人的步調。儘管感受方面的問題因人而異，但我總覺得雙方會相處不來。

「那麼～既然大家都到齊了～我有很重要的事情～得要公布～請各位仔細聽我說～」

是什麼呢？該不會是幽靈船特有的問題吧……？

伊姆蕾蜜可船長將多本小冊子分發給我們所有人。

難道是要我們簽下無法保障生命安全的切結書嗎？

乘船相關的安全手冊
請大家務必仔細閱讀！

目錄

安全規定還挺有模有樣的！

「因為我是幽靈，可以不用看嗎？」羅莎莉發問。

「啊～其實船長有義務對乘客進行相關說明～方便的話還是請妳聽一下喔～」

於是我們紛紛就坐，接受伊姆蕾蜜可船長那語調緩慢的安全宣導，結果裘雅莉娜小姐和別西卜直接睡著了。

個人認為這類宣導都該專心聆聽，當然我也能理解兩人當場睡死的感受。

「那麼～安全宣導到此結束～」

終於結束了……

「接下來是販賣部的相關事宜～」

「這艘幽靈船上還有販賣部啊！」

「畢竟是長途航行～位於後側的販賣部有販售飲用水、各類點心以及螃蟹等海產～但因為位於船內～價格會比市區昂貴喔～」

事到如今，我完全不覺得這是一趟得冒著生命危險的航海之旅。

卻又莫名覺得以第一次的船上生活來說，將會歷經一段超乎想像的奇妙際遇……

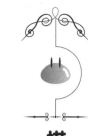

搭乘幽靈船

She continued destroy slime for 300 years

幽靈船終於啟航，只見我們漸漸駛離岸邊。

「別西卜，這艘幽靈船是以什麼為動力呢？」

看著那一塊塊千瘡百孔的船帆，我實在不覺得能依靠風力。

「小女子也不太清楚，記得好像是透過惡靈的怨念來驅動船隻，再交由船長負責操控。」

「瞧妳說得好像沒什麼，實際上可是很嚇人耶！」

「另外有一部分的骷髏會幫忙划動類似船槳的東西。雖然這艘船看起來死氣沉沉的，但它是前往無法接近之島的最佳選擇。應該會是一趟漫長的旅程。」

「啊，都忘了這趟旅行為期多久，前後會花上幾天呢？」

畢竟我們走的不是正規航線，而我也沒詢問過相關問題。

「預計單趟要在船上住個兩晚。」

「太久了吧！居然得在船上過夜！」

「安啦，船上有單人寢室跟淋浴間。若是沒事就先去睡吧。用餐時間到了會去叫醒妳。」

既來之則安之，就好好享受這難得的海上之旅吧。

「我去甲板上看看風景好了。」

我沿著階梯前往甲板。

無論往哪個方向看去，視野都被霧氣覆蓋住了。

「差點忘了這艘船的周圍永遠都是灰濛濛的！」

這算是幽靈船的特效吧。如此一來，也就沒辦法享受風景了……

此時，能感受到有人朝向我走來。

在骷髏的搬運下，聰史來到我身邊。

其他骷髏則在地上鋪了一張狀似鍵盤的紙。大概是為了讓我能看懂，紙上寫有對應人類語言的單字。

聰史開始在紙上跳來跳去。

「什麼什麼？人生・就像一段・沒有船舵・以及船槳的・航海之旅・多數人・都不知道・自己・該何去何從。」

不愧是世界三大難以一睹尊榮的賢者，隨隨便便就出口成章。

「我能理解你想表達的意思。想想也只有少部分的人才對未來抱有明確的方向，但是大多得過且過的人也能持續漂於海面而非沉船，才會覺得人生就像是一艘船。」

聽史又在鍵盤紙上移動。

大意上就是——因為他長期待於地底，在接觸外面的世界以後，對於龐大的情報量感到相當震撼，經常有各種新發現。以上就是聽史想表達的意思。

「是啊，雖然我去過的地方比聽史你多上許多，不過說起自己明白的事物，也只是此世界的冰山一角。說起這個世界，當真是遼闊到讓人玩不完。」

不知不覺間我就這麼坐在甲板上，與聽史交談著。

縱使景色還是一樣灰濛濛的，卻也不失為是個很好的體驗。畢竟永遠維持放晴的天氣也會讓人感到無趣。

聽史開始為我介紹這附近的地理環境。

「喔～原來這裡是出了名的危險海域呀。那我們搭乘幽靈船不就剛剛好囉？」

「就是說呀～仰賴風力的帆船在這裡航行～會很危險的～」

「嗯嗯，所以這方面倒是很有計畫性——咦，船長跑來這裡沒問題嗎？」

等我回神時，才發現伊姆蕾蜜可船長已站在我的身旁。

人魚似乎可以透過尾鰭的部分在陸地上站立與移動。

「骷髏船員有在負責監控～另外這艘船基本上能自動航行喔～」

其實幽靈船是某種高科技產物也說不定。

「當船接近至無法接近之島附近時～我就得以船長的身分好好加油～但在此之前～都很悠閒喔～啊，要不要來點螃蟹麵包呢～？」

船長向我遞來一個螃蟹形狀的麵包。

「這個嘛……那我不客氣囉。」

外觀是做成螃蟹的形狀，吃起來的味道則是一般麵包。

「感覺很悠哉對吧～？」

可能是船長對此沒有自覺，這種時候未必可以直接回應說「嗯，是啊」。就像有人問說「我很蠢吧？」，假如我照實回答「確實很蠢」，有可能會惹怒對方……

「在船上～能讓人感覺很悠哉喔～」

啊，原來不是指船長的個性，而是說這艘船呀……

「人只要一上船～時間的流逝就會產生變化喔～相較於在陸地上～或是人魚居住的海裡皆截然不同～給人十分悠哉的感覺～我很喜歡這種感覺喔～」

我點頭如搗蒜地表示同意。

能像這樣放鬆到腦袋放空的情況，想想並不多見呢。

「像這樣～不必去思考任何事情～可是很重要喔～」

「也對。即使是學習，也聽人說過若是沒有穿插讓腦袋放空的時間，將會無法牢記在心。因此我認為這種時間也有其重要性。」

偶爾體驗一下這種在海上悠哉度日的感覺也很不錯。

當我們徹底放鬆之後——

船長就睡著了……

「船長！再怎麼說也不該睡著吧？像這樣打瞌睡當真沒問題嗎？」

為了以防萬一，我還是把她叫醒了。

「啊、我睡著了呀～……對不起喔～」

她果真是在不該睡著的時候打起盹來。這種時候還是希望她能多點責任感。

之後，我在船裡四處探險。

羅莎莉則是不斷與骷髏們交談。

看她的樣子似乎非常開心，帶她過來果然是個正確的決定。

裘雅莉娜小姐則是在甲板的另一頭默默地作畫。

雖說這次應該不太需要水母妖精的幫忙，不過邀請她參加似乎同樣十分正確。

別西卜倒是找了張座位，一直在那裡檢查資料……

「別西卜，看妳倒是挺安分的……簡直就像是哪來的公職人員……」

「吵死啦！明明小女子這麼辛勤工作，為何得遭人這樣數落!?而且小女子是如假包換的公職人員！」

看大家都有好好利用待在船上的這段時間，就當作是好事一樁吧。

當然別將把握時間這種事情放在心上，直接放空腦袋發呆，我個人認為也是一種有效利用時間的方式。

第一天的中午就這麼過去了。

接下來是晚餐時間。

啊、這件事倒是挺令人好奇的。

幽靈船會提供怎樣的餐點呢……？畢竟這次除了骷髏以外，還多出我們這群乘客，相信有準備伙食才對。

由於已來到晚飯時間，我便前往餐廳。

只見骷髏船員們將一道道料理端上桌，船長也坐在餐桌邊。儘管挺擔心是由誰掌舵，但應該不要緊吧。

「今天的晚餐是～螃蟹滿漢全席～」

首先是一大盤的水煮螃蟹！

除此之外還有螃蟹烘蛋、螃蟹濃湯，各式各樣用螃蟹製成的料理。

「喔～明明是幽靈船，伙食卻這麼豪華！」

「喲～許多都是魔族領地內不曾見過的料理，真令人好奇呢。」

別西卜也因此心情大好。

不過一想到這些菜都是出自缺乏味覺的骷髏之手，就讓人感到有點不安……

「啊，全都好吃到沒話說。想想光是食材本身的味道就已經相當出色了。」

「真美味呢。」別西卜在讚不絕口的同時，也拿起杯子暢飲紅酒。真是受到熱情的款待呢。

「虛華不實的饗宴……」持續揮筆作畫的水母妖精裘雅莉娜小姐，冷不防地拋出這句不祥的感想。畢竟現在也不是需要注重用餐禮儀的場合，就隨她高興吧。

「其實這艘船～也會出海捕螃蟹喔～將漁獲加工後再拿去販售～聽說這原本是一艘專門捕螃蟹的漁船呢～」

「可是漁船裡怎會有這樣的餐廳呢？算了，反正船體也能改造。」

就在這時，羅莎莉和骷髏船員一起來到桌邊。

「亞姊，它們說這艘船在很久以前是一艘專捕螃蟹的槳帆船。」

捕螃蟹的槳帆船！

從字面上給人一種工作環境相當嚴苛的感覺……

「當年是真的是非常辛苦，船裡也因此死了不少人。目前在這裡工作的骷髏們都是那時的犧牲者。」

「這、這樣啊……」

可以的話，是希望餐後再跟我聊這件事。

「於是船員們開始暴動，導致這艘船被開了個大洞並沉沒，後來就變成徘徊於海上的幽靈船，最終被現任船長買下，就這麼持續到現在——以上都是它們告訴我的。」

一旁的骷髏點了點頭，表示這些全部屬實吧。

「等等，我也想聽聽變成幽靈船之後發生的事情。很明顯這裡面還有故事吧……畢竟這不是一般的幽靈船呀。」

到底是有過怎樣的經歷，最後才被人魚買下呢？

羅莎莉繼續請教骷髏。因為骷髏沒有聲帶，只能依靠身為幽靈的羅莎莉代為轉述。

「由於幽靈船經常遭受其他船隻的攻擊導致險象環生，因此它們才決定提交申請成為正規船。聽說也常常被冒險者公會列為懸賞目標，或是海上男兒想玩試膽遊戲時就闖進船裡。」

「簡直是海上的靈異地點！」

原來大家都不太怕幽靈船啊……

「另外即使是以類似怨念的能量來驅動船隻，想讓這艘幾乎快沉沒的破船繼續航行，對骷髏們而言也相當辛苦，因此想把船送去修理。這麼一來總是離不開錢，如果沒有成為正規船，在各方面都很不方便。它們還說送去地下船塢維修會被獅子大開口。」

「接連出現我從未聽說過的概念！」

「嗯～……小女子對航海方面也不太了解……沒想到情況如此嚴峻……」

魔族的大臣也相當詫異。看來這個世上仍存在著許多未知的事物。

「話說這艘船算得上是古蹟喔～如果各位感興趣的話～我可以帶大家參觀以前的處罰室跟槳帆船相關設備喔～？畢竟當事人都還在船上，還能聽聽它們的親身體驗喔～」

「船長……我很怕那類事情，所以心領了……」

「好的～要是無聊到不知如何打發時間的話～還請別客氣儘管說～我們這裡有許多恐怖故事喔～比方說有不認識的骷髏闖到船上等等～」

雖然伊姆蕾蜜可船長始終以開朗的嗓音邀請我，我基本上是敬謝不敏。

晚餐過後，我前往淋浴間梳洗完畢便返回寢室。

「看起來與一般旅館的房間差不多。」

羅莎莉跟在我的身旁。

「我好像被分配到和亞姊妳同個房間。」

「對羅莎莉妳來說可能沒有房間的概念，總之請妳多多指教。」

「第一次的航海之旅，當真很有意思呢！」

羅莎莉在房間裡飛來飛去，看她的樣子似乎非常開心。

「嗯，我也這麼認為。也許下次能找個機會帶全家人一起來玩。不過到時我想挑個正常一點的船隻，並且走的是正規航線……」

反正日後總有機會，帶著一家人搭船旅行應該也挺不錯的。

「亞姊，骷髏們還跟我分享許多有趣的故事喔。像是槳帆船啟航當時有一百多名船員，抵達目的地時就只剩下十名左右——」

「羅莎莉，禁止妳掛羊頭賣狗肉說這些恐怖故事！」

一旦掀開這艘船的歷史，果然不斷出現令人毛骨悚然的事實。

「那我來說說捕螃蟹的故事。它們在拉起捕螃蟹的漁網時，恰好有個人被網子纏住脖子，隨著網子不斷往上拉，脖子就——」

「就提醒妳不許講恐怖故事呀！到頭來全是嚇人的內容！」

「好吧……我並沒有想給亞姊妳增添困擾的意思，那我就收斂點，別找妳聊天囉……」

羅莎莉一臉乖順地閉上嘴巴。

「啊、我並不是要妳別說話喔？」

「不是的，想說現在已是晚上，亞姊妳可能也累了，該是時候就寢才對。」

接著羅莎莉扭頭看向牆壁。

「喂，我家大姊頭要睡覺了，你現在別找我說話！」

「有誰在那裡嗎!?」

就算沒有直接告訴我也很可怕！

「其實是掛在牆上的相框後面有一張符，因為快脫落的關係，所以鎮不住幽靈。」

「那是我最不想得知的情報！」

照此情形看來，對靈異方面特別沒轍的萊卡跟哈爾卡拉是無法搭乘這艘船了……

於是我盡可能在腦中想像一些開心的事情，躺在床上準備就寢。

幸好這艘船不太搖晃，讓我得以迅速進入夢鄉。

我夢見自己乘著萊卡，高速翱翔於天際。

想想這艘船的搖晃程度，就跟待在萊卡的背上一樣恰到好處。

◇

隔天，我在前往餐廳的途中遇見別西卜。

「昨晚睡覺時，小女子夢見自己坐在化成利維坦型態的瓦妮雅身上。」

「我也做了個類似的夢，但我是坐在萊卡的身上。」

「當初還想說瓦妮雅居然飛得不怎麼搖晃，結果竟是一場夢。」

原來乘坐在瓦妮雅身上是那麼不舒服啊……

另外，別西卜同樣將聰史抱在手上。

「聰史睡得還舒服嗎？這樣的長途旅行會感到累嗎？」

我詢問的對象是別西卜而非聰史。理由是聰史不會說話。

「他看起來並無異狀。而且他的樣子與其說是疲倦，不如說是因為有許多新鮮事物而感到開心。」

聰史稍稍上下晃動。這反應大概是在點頭肯定吧。

「記得明天就會抵達無法接近之島吧，以時間來說算是剛剛好，相信這對別西卜妳而言也是個不錯的休假吧？」

「若是女兒們也在這裡就更好了。」

這魔族還真是老愛說這種話……

「好吧，我下次就帶她們一起來搭船。」
「妳就不必跟來囉，亞梓莎。」
這句話挺令人火大的。
此時，裘雅莉娜小姐走了過來。
「畫作的草稿已經完成了。」
對了，記得她昨天吃晚飯時一直在畫畫。
她展示在我們面前的畫，是骷髏們飢腸轆轆地吃著擺放在桌上的各種料理。
可是吃下的食物都從骷髏的身體流出來……
「儘管不出我所料，不過這幅畫同樣很灰暗！」
「這幅畫成功詮釋出一股永遠得不到滿足的感覺，我非常滿意。水母嘿嘿嘿……」
總之當事人滿意就好。
比起這個，我挺好奇今天的早餐。
「這次會端出怎樣的料理呢～？希望是類似高級旅館的吃到飽！」
當我們一走進餐廳，只見骷髏們將一道道眼熟的餐點端上桌。
「早餐也是～螃蟹滿漢全席喔～」
伊姆蕾蜜可船長拉長嗓音地開心介紹。
「那個……總覺得跟昨晚的料理一模一樣耶……」

「因為這艘船的骷髏就只會捕螃蟹～所以永遠都是螃蟹料理喔～」

這樣肯定會讓人吃膩的！

不過，船長桌上放有螃蟹形狀的麵包。

「船長，請問那是……」

「已經吃膩螃蟹料理的人～可以去販賣部買麵包喔～」

原來販賣部是為此設立的！

「小女子去販賣部逛逛好了……」

「一早就吃螃蟹滿漢全席，感覺有點太重口味了。水母嘿嘿嘿嘿……」

於是，大家都跑去販賣部買麵包吃。

幸虧螃蟹麵包裡沒有包螃蟹，讓我們得以遠離螃蟹的味道。

看來幽靈船同樣存在著它們獨有的問題。

……等等，餐點方面的小問題應該很容易解決吧。

原以為三天兩夜的船上生活很快就會結束，結果才到第二天就令我閒得發慌。

「一旦發呆的時間過長，反而會讓人備感痛苦……」

我整個人躺倒在甲板上。

拜這艘幽靈船老是被黑霧圍繞所賜，害我根本沒辦法欣賞風景，只能知道我們目前航行在海上。
這時，聰史來到我的身邊。
昨天的那塊鍵盤布還放在這裡。
「啊，聰史，找我有事嗎？」
聰史利用鍵盤布對我提出以下這個問題。
「所謂的神是什麼——就算你這麼問我……」
我的腦中隨即浮現出梅嘉梅加神那個悠哉的笑容。
對了，聰史在UFC研討會當時親眼見過神明。
既然身為賢者，在目睹神之後豈會不感興趣。
可是——
以梅嘉梅加神為基準來討論神明，莫名覺得神的概念會因此蒙羞……好歹也該以仁丹為範本來討論吧……
「如果你想詢問梅嘉梅加神的事情，我覺得你可以直接請教本人，相信她會很樂意回答你，那我就以自己所知的範圍來解說喔。」
我粗略介紹關於神的事情。
不過，聰史的求知慾並未到此為止。
他隨即向我請教關於妖精的事情（我起先認為可以去請教裘雅莉娜小姐，不過聰史表示她只回答說妖精全是些毫無意義的存在）。

接著他又詢問時間是什麼（面對如此哲學的問題，我只能老實說自己並不清楚）。

——在這之後，我不知不覺開始聊起自己的前世。

「這件事並不適合讓其他人知道，但既然是聽史就無所謂吧。」

感覺聽史屬於任何事情都只會獨自深入思考的那種人，相信他不會把這些內容透露給外人知道。

當我娓娓道來後，才驚覺自己並沒有淡忘多少前世的記憶。

隨著與人分享往事，我發現自己有許多需要反省的地方。

諸如當時應該那麼做。

或是恰恰相反不該那麼做。

還有早知道就那麼做等等。

並且明白了自己生活在此世界的這段日子裡，竟有下意識地活用那些反省後得到的結論。

很多時候都是多虧這點，事情才圓滿落幕。

雖說擁有現在這群家人是徹底出乎我的意料，但我認為自己有扮演好身為家人的角色。高原之家的家人們個個都十分優秀，就算尋遍世界各地，我相信也沒有一人能超越她們。

以這個角度而言，縱使我歷經過失敗，終究讓我擁有了現在的生活。換言之，這裡面沒有任何一件事是毫無意義的。

一直以來不停狩獵史萊姆的我，現在卻和史萊姆分享自己的過去，想想人生還真是不可思議呢。

聽史不時會在那邊蹦蹦跳跳，很明顯是透過這些動作來回應我。

「——差不多就是這樣，有令你滿意嗎？」

聽史在鍵盤紙上移動，對我說出一句話。

就是——謝謝。

儘管只是簡短的一句感謝，聽史仍得費上一番工夫才能透過鍵盤紙表達出來，因此我不禁有些感動。

「嗯～我現在多少明白聽史能成為賢者的理由了。畢竟你為了追求知識是義無反顧呢。」

「這點程度根本不夠。」聽史以鍵盤紙說出這句話。真是個謙虛的小傢伙。

「話雖如此，還是要懂得適度休息。我不清楚史萊姆會不會過勞死，可是終究會感到疲倦吧。」

我笑著摸了摸聽史的頭頂。

© Benio

好乖好乖。

我就這麼以愉悅的心情迎接當天的晚餐——

「結果還是螃蟹滿漢全席！」

只見與昨晚完全相同的料理擺放在桌上。

「若是吃完了還有喔～」

船長維持一貫的慵懶口吻如此說著。附帶一提，她這餐同樣是吃麵包。

「這艘船就只會捕螃蟹～假如能捕獲其他海鮮就好了～」

好歹也準備一些螃蟹以外的菜色嘛……

如果這趟旅程長達一週，我大概會崩潰吧……

◇

時間來到第三天。

當我們為了吃早飯走進餐廳後，卻發現桌上同樣放滿各種螃蟹料理……

「我去買麵包好了，畢竟不想一大早就吃螃蟹……」

「小女子也是……」

「水母嘿嘿嘿……我今天就不吃早餐吧。」

沒得選擇的我和別西卜，前往販賣部買麵包來吃。至於裘雅莉娜小姐似乎決定不吃早飯，但想想她是個已經活了很長一段時間的妖精，實在無須考慮這樣是否有害健康，因此就隨她去吧。

「今天就會抵達無法接近之島對吧。」

我吃著螃蟹麵包，同時與別西卜聊天。

「預計上是沒錯，但想順利抵達無法接近之島就得穿過洋流，這部分得實際前往才知道了。」

「嗨～這件事就包在我身上吧～」

說話時總會將最後一個字拉長語調的伊姆蕾蜜可船長走了過來。

「船長，妳的嘴角還沾著麵包屑……」

船長隨即用手往嘴上一抹。

只見麵包屑僅是稍稍往旁邊移動而已。

即便很令人難以啟齒，總之這位船長還真是不可靠……性格急躁的船長是很不妙，問題是慵懶過頭的船長也同樣嚇人。

不過目前能肯定的一點，就是船長表現得很有自信。

「各位大可放心喔～因為——我可是擁有駕船執照呢～！」

伊姆蕾蜜可船長得意洋洋地將執照展示在我們面前。

「啊～那就可以放心了——這是哪來的廢話！如果沒執照還得了啊！」

「亞梓莎小姐～想前往無法接近之島可是非常辛苦喔～但其實我有個包準能到達的必勝法～妳知道是什麼嗎～？」

「這確實很令人好奇。另外，妳臉上的麵包屑還是沒弄掉。」

伊姆蕾蜜可船長再次抬起手朝嘴巴一抹，臉上的麵包屑卻同樣只是換個位置。這個人還真是笨手笨腳耶！

「那就是～直到抵達前永不放棄～不斷努力去挑戰喔～！」

船長以非常緩慢的速度將右手高舉向天。

原來如此，我並非無法理解她想表達的意思。

「無論觸礁多少次～不管沉船多少次～直到抵達無法接近之島前不停嘗試，終有一天會成功的～只要下定決心永不放棄～就一定會抵達喔～！」

「嗯嗯，正所謂失敗為成功之母——等等，再怎麼說也不能觸礁或沉船啊！那麼一來就無法繼續挑戰啦！」

「像我在考照時～雖然歷經過無數次的失敗～最終還是取得執照喔～所以沒問題的～！」

「這種事非常不適合拿來向乘客炫耀喔！」

一股不安湧上心頭。這艘船當真能抵達目的地嗎……？想想截至目前都是聽到一些令人擔憂的情報……

「亞梓莎，記得妳會施展讓人飄於空中的魔法吧？那大概就沒什麼問題了。」

「妳不覺得這樣的前提很奇怪嗎？別西卜。」

我可不想體驗遣唐使那種偶爾得在海上漂流的求生之旅喔。

「其實小女子根本雇不到願意前往無法接近之島的船隻……就連不怕死的水手們聽了也逃之夭夭……到頭來就只有第七幽靈號願意接受委託。」

「啊，本船已改名為天國旅行號囉～」

這艘船的名字當真是越改越觸霉頭。乍聽下就像是載你上天國的一艘船。

船長拍了拍我的肩膀。

「亞梓莎小姐～人魚有這麼一句諺語～人生有如一艘船載浮載沉～直到事情發生以前～再如何煩惱也無濟於事喔～」

「做人的確應該樂觀點，前提是不能任由船隻沉沒啊！倘若風險這麼高，就該提前想好對策！」

我現在已清楚掌握這位船長的個性了。

她的處世原則就是「我走我的路」加上「船到橋頭自然直」。

這確實是非常出色的理念。

問題是她從未把風險納入考量！

閉上眼睛往前突擊跟深思熟慮後才發動突擊是截然不同的兩種方式，偏偏這個人把兩者搞混在一起。

做人不該過於悲觀，偏偏她這種性格也是大有問題……

被別西卜抱在懷裡的聽史狀似想表達意見，於是請人將鍵盤布鋪在地上。

聽史立刻在上面跳來跳去。

「嗯～自古以來也是有愚昧之人成功突破逆境的時候——以上就是聽史的意思。」

這裡所指的愚昧之人，十之八九就是船長。

船長沒有理會聽史，逕自吃起麵包來。沾在她臉上的麵包屑也跟著增加了。

「那麼～我們已經來到洋流複雜的海域～現在就是我～大展身手的時候了～」

船長隨即誇下海口。

喔，看她似乎幹勁十足。

「請大家記好救生艇的位置喔～」

「這不是誇下海口時該說的話喔！」

「反正只要嘗試三十次，總有一次會成功嘛～」

讓這個人取得駕船執照當真沒問題嗎？

瞧她這樣子實在很令人提心吊膽，於是我和別西卜等人一同前往船長室。

室內有一個船舵，應該就是用它來控制船隻的行進方向吧。

「大家注意這邊～有看到前方那片白色的洋流嗎～？」

視線前方有好幾道洋流經過，甚至還能看見漩渦。

「想前往無法接近之島～就必須穿過這些洋流～首先是行經前方兩條洋流之間～」

「單就這段解說，至少能給人一種專家的感覺呢。」

倘若可以的話，我希望能聘雇一名真正具有專家風範的船長。

「首先將船舵往右轉～再迅速往左切～然後是向右急轉彎～大家有看懂嗎～？」

能看見洋流之間有一條如通道般的水道。

由於只能沿著水道前進，因此這樣的操作大概比想像中更加正確吧。

「那就開始第一次的挑戰囉～！」

船開始大幅傾斜。

緊接著往反方向傾斜。

那麼，是否能成功呢？

「啊、因為進入洋流～所以失敗了～」

「也失敗得太快了吧！」

「亞梓莎，即便失誤也沒什麼，大不了就是回到初始地點罷了。」

正如別西卜所言，船被沖回複雜洋流的入口。
感覺上挺像是哪來的電玩遊戲。
船長曾說只需不斷嘗試就好，我突然比之前更能夠理解她想表達的意思。就算我們在前往無法接近之島的途中遭遇失敗，也不會面臨非常危險的狀況。
「那麼～開始進行第二次的挑戰～……！又失敗了～」
「好歹也撐久一點嘛！」
在船身不時向左或向右傾斜的期間，我想到了一件事。
再這樣下去，很可能會暈船……
別西卜不知何時已張開翅膀，就這麼飄在低空的位置。
於是我也利用空中飄浮魔法來應對。

在這之後，我們不斷挑戰穿過洋流。
歷經數次嘗試，總有順利向前航行的時候。
「喔～這次有成功通過第五個急轉彎喔～！」
「很好很好！接下來就馬上往前直行！」
「等等，保持這樣稍微再前進一段距離會更好！」
別西卜與我的意見相左。

© Benio

「別西卜，那樣會導致船隻無法控制，妳得預測下一步或下兩步的行進。」
「讓船保持在中間位置未必就會平安無事。反倒是妳太執迷於保持在中間位置！要是之後來不及轉彎就沒意義了！」
當我們如此爭辯之際，船再次闖進洋流的範圍內，於是又被沖回去了。
「啊啊啊！真可惜！都已經稍微看見無法接近之島了！」
「沒關係沒關係！反正船長也越來越熟練了！」
感覺上比想像中更像在打電動。
此時，羅莎莉輕輕地飄了過來。
「船怎麼比以往搖晃得更加嚴重，很多骷髏都摔得東倒西歪。」
「我們正在接受進入無法接近之島的試煉。」
「另外，水母妖精小姐已暈船到倒在地上毫無反應了。」
原來水母妖精也會暈船啊……

伊姆蕾蜜可船長後來仍繼續挑戰——
卻還是沒能穿過這片洋流。
而且總覺得注意力隨著挑戰次數在逐漸下降。
「唔～難度真高耶～不過～等到明天或後天～要不然就是三天後或四天後一定會

成功的～既然終有一天會成功～我現在就等於是已經成功囉～」
如果四天後才穿過洋流，幾乎等同於失敗了，希望妳能好好反省。
「船長啊～既然妳都已經取得駕船執照，難道不能駕駛得更順暢點嗎？」
「其實～我是承蒙考官的垂憐才順利合格喔～假如命運女神當真存在於世上～有朝一日也會垂憐我們的～」
再度聽見我完全不想知道的情報！

「好，那就交由小女子來試試看！」

這個時候，別西卜竟把船長推開自行掌舵。
「咦？這樣不會觸法嗎……？看妳應該沒有駕船執照吧？」
「反正在這裡也沒有與其他船隻發生擦撞的風險！眼下唯一的癥結就在於掌舵技巧。」
「說得也是～畢竟妳沒有飲酒～那就交給妳囉～」
即使沒有酒駕，我相信無照駕駛也是直接出局，只不過無須擔心給別的船隻添麻煩也是事實。想想根本沒有其他人想前往無法接近之島。
「看招！看招！」

「別西卜，妳會隨著轉彎而左右擺動身體喔。」

這是駕訓班裡容易出現的叮嚀。

「別計較那麼多，反正只要成功就好——啊啊！不小心進入洋流了……」

別西卜露出一副很懊惱的模樣。

「這對外行人來說太困難了～畢竟這需要絕佳的掌舵技巧喔～」

船長一臉得意地說著，問題是妳也從未成功過喔……

別西卜後來又挑戰好幾次，卻全都中途飲恨……

「可惡！第四個彎道也太無恥了吧！若是第三個彎道沒能讓船維持在正中間就一定過不去，這樣肯定會闖進洋流啊！」

這就跟打電玩時必須先設法記住賽道的情況一模一樣。

說起電玩，我在前世也多少接觸過。

「好～這裡就換我來！」

——可是別西卜遲遲不肯讓出位置。

「小女子還想嘗試，總覺得自己快要掌握到訣竅了！」

「少賴皮了！快點換人啦！」

「當初又沒規定幾次之後就得換人！更何況要想通過洋流的話，讓同一個人多嘗試幾次才更能提升成功率喔！」

這簡直就像是小朋友在爭吵該換誰打電玩了……

別西卜在這之後終於乖乖讓位，於是換我來掌舵。

「這、這裡要往右，然後馬上往左……接著繼續往右……」

「妳還不是一樣跟著轉彎在擺動身體。」

「閉嘴！誰叫我現在非得集中精神不可！喔、通過了通過了！」

「妳傻啦，照妳這種方式是過不了下個彎道的。難道妳沒仔細觀摩小女子的玩法嗎？」

「就叫妳閉嘴啊……！看吧，都怪妳太吵才害我撞上洋流了！」

「才怪，剛剛那樣擺明就會失敗。那個彎道可不能只想著通過就好，假如沒能以最完美的方式通過，之後就一定會被洋流沖回來。別把自己的過失怪到小女子頭上。」

我也一樣徹底熱衷於遊戲裡（？）。

「那個，亞姊，接下來可以換我上場嗎？」

羅莎莉似乎也很感興趣。

「好吧，妳來試試看。」
不管怎麼說，她應該比不上前世有打過電玩的我才對。
當羅莎莉一握住船舵（嚴格說來是透過靈力控制船舵）——她的眼神瞬間豹變。
「好耶！拚啦！看我全速狂飆！喔啦喔啦喔啦喔啦！喔啦喔啦喔啦喔啦！」
羅莎莉變得十分激動。
原來她是一握住方向盤就會性情大變的那種人，完全就是個飆車族……
不過，羅莎莉的掌舵技巧相當出色。
總能在千鈞一髮之際穿過洋流。
「讚喔！通過了！下個彎道也看我的！」
「喔喔！不錯喔！雖然船身不斷大幅傾斜，但確實有順利前進！」
「感覺不錯喔！無法接近之島就在正前方了！」
似乎只需再通過兩個彎道，就可以抵達終點了。
但接下來才是最大的難關。
若是不能甩尾通過那個近乎直角的細長彎道，後面就是一連串會直接撞上洋流的區域！

「喂喂！這是叫人怎麼轉過去呀……！啊，碰到洋流了！」
「真可惜！話說這真的有辦法通過嗎？」
「事到如今，似乎也只能全憑運氣了……」
當我們沉浸於其中的時候，船長則是在一旁吃著麵包。至於聰史是被船長抱在懷裡。看聰史似乎也對駕船挺有興趣才跟了過來。
在這之後，羅莎莉展現出與失控只有一線之隔的精湛甩尾技巧——
卻還是沒能通過最後的急轉彎！
「立刻轉向會撞上洋流，慢點轉向又會來不及，真棘手耶。」
「總覺得沒有密技就難以通關……」
別西卜，這可不是真的遊戲，所以沒有哪來的密技。不過我能體會她為何會說出這種話，因為難度就是這麼高。
此時，房間內又多了一個人。
「在大幅暈船之後，終於漸漸習慣了……」
裘雅莉娜小姐似乎也基於好奇而跑來這裡。
「啊，裘雅莉娜小姐也要玩玩看嗎？目的地就在不遠的前方了。」
我向她解釋來龍去脈。

「這樣啊，可以稍微等個三十分鐘嗎？只要給我這點時間就行，我們會抵達那座島的。」

裘雅莉娜小姐一臉平靜地誇下海口。

「我知道了～那就休息三十分鐘吧～」

身為負責人的船長表示支持。

話說我和別西卜一直搶著駕船，而且玩得不亦樂乎……

三十分鐘後，裘雅莉娜小姐走了回來。

「準備完畢，相信應該沒問題了。」

雖然不明白她說的準備是什麼意思，但也沒啥好深究的。

「接下來就把遊戲交給妳這位水母妖精囉。」

別西卜直接把駕船說成是遊戲了……

「不是的，我對遊戲沒興趣，就交由其他人代勞吧。」

裘雅莉娜小姐一副心不在焉的模樣，將右手往側面一揮。

咦!?既然如此，為何要求休息三十分鐘……？

迫於無奈，就再度由伊姆蕾蜜可船長負責掌舵。

船長將雙手放在船舵上。

現在仔細想想，除了船長以外的人本來都不該掌舵耶……

「好～就讓各位好好見識一下身為船長應有的風範吧～」

船再次駛向洋流。

前方是第一個彎道。

「哎呀～我太早轉向了～」

「才剛開始就失手了！」

一開始就失敗的話，是不會浪費多少時間，卻會很令人不安。不過——

「還沒結束～」

船長立刻抓穩船舵，完全進入狀況！

接下來她都以絕佳的角度讓船穿梭於洋流間。

「喔喔！妳表現得很不錯耶，船長！」

「因為我待在後面觀摩好幾次～已經記住幾秒後轉彎才會成功喔～」

船長靠觀摩外行人來學習駕船，感覺上有點說不過去，但這次算是特例，而且確實有所進展。

一段時間後，終於來到多次害我們鎩羽而歸的連續兩個直角彎道。即便改成是駕車，應該也滿難通過的。

「因為接下來～我不知道正確答案～所以不清楚轉彎的時機耶～」

透過觀摩來學習的方式竟然存在這樣的極限！

不過此時出現相當奇妙的事情。

當船即將接觸洋流的瞬間，突然從反方向颳起一陣浪濤，把船推了回來。

「沒想到竟然有奇蹟發生呢，亞姊！我們還有機會喔！」

「嗯，多嘗試幾次總會有走運的時候，不過即便通過這裡，因為水道太窄……這樣急轉彎也會撞進對側的洋流。」

此處極其難以通行，若有一絲差池就會導致失敗。

可是——

這時又從對側颳起一陣正是時候的浪濤，將船的行進方向調整得恰到好處。

「喔～這樣只需繼續向前就沒問題了～」

「好耶！成功通過地獄彎道了！」

「這都多虧我這位船長技術高超喔～」

明明全都是拜好運所賜，她這樣誇口炫耀好像不太恰當。

總之接下來已無任何難關，我們終於抵達無法接近之島了！

「話說剛才居然接連發生奇蹟……是因為我們挑戰太多次的緣故嗎……？」

「是我拜託波浪妖精適時颳起浪濤的。」

裘雅莉娜小姐輕聲說出這句話。

啊……想想以前移動水母時，好像也發生過類似的事情……

「因此接下來的路程都沒問題。水母嘿嘿嘿。」

實際上當我們進入最後的第二個直角彎道時，能看見浪濤彷彿在保護這艘船似地從兩側颳起，強行幫忙調整行進方向。

沒想到當真存在著密技。

邀請裘雅莉娜小姐一同前來堪稱是最正確的決定，要不然天曉得我們將面對多少天的螃蟹滿漢全席……

◇

船隻就這麼順利抵達無法接近之島。一路上沒有遭遇任何阻礙。

前方能看見沙灘，至於海水較深的地方則有石頭砌成的港口遺跡。想必是海賊還占領這裡時所留下的產物。

放眼望向島嶼深處，隱約能發現森林裡有好幾座廢墟。

當真有賢者住在這裡嗎？

「這都多虧船長神力所賜～」

「嚴格說來是波浪妖精的神力吧……」

我也想對別西卜的吐槽投下一票。

看著蹦蹦跳跳表現出喜悅之情的聰史，這點小事好像無所謂了。

無論是多虧密技還是其他方法，成功抵達目的地才是重點。

就在這時，我的肚子出現異狀。

——咕嚕嚕嚕嚕嚕嚕嚕～嚕嚕嚕嚕嚕嚕嚕～

「這陣空腹聲還響得真久耶。」

別西卜隨即開口調侃我。這聲音的確響得特別久。

「想想現在已是中午過後。活人就該吃飯補充精力喔，亞姊。」

居然玩遊戲專注到忘了吃午餐，我還真是童心未泯呢。

「真的耶～等我把船停好之後～就來吃午飯吧～」

伊姆蕾蜜可船長如此提議。嗯，我現在已餓到只想吃東西了。

「船裡還有很多螃蟹喔～」

最終還是離不開螃蟹……

因為我現在是真的餓了，所以即便是螃蟹也吃得津津有味。

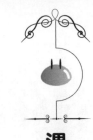

遇見很像是辣妹的賢者

She continued destroy slime for 300 years

我們終於登上無法接近之島。
假如船被沖走可不是鬧著玩的，所以把它牢牢固定於港口內。
「那就正式登島囉！」
在我準備邁出第一步時，聰史已一鼓作氣跳了出去。
「看來他真的很期待能見到這裡的賢者呢。」
不難理解聰史如此興奮的心情。
骷髏船員們也接連登島。
正當我懷疑這群骷髏想做什麼時，只見它們開始在沙灘上享受日光浴。
「它們居然挺懂得享樂耶！」
「啊～要是骷髏們一直待在船上的話～有可能會發霉喔～因此它們很需要晒晒太陽～」
幫忙解釋的伊姆蕾蜜可船長此刻已換上泳裝，手裡還拿著一顆沙灘球。

「我和骷髏們就負責留守～賢者那邊就交給妳們囉～」

雖然覺得留守一說完全是藉口，不過當她送我們抵達島嶼的那一刻，確實就已經完成分內的工作了。

我們接下來得設法找出賢者才行。

我本想為波浪妖精一事再次向裘雅莉娜小姐道謝，卻發現她一看見廢墟就已進入作畫狀態。畢竟這是她感興趣的題材，就讓她盡情畫畫吧。

換言之，陪同聽史的成員就是我、別西卜以及羅莎莉了。

「對了，這位世界三大難以一睹尊榮的賢者叫做什麼名字？她是住在島上的哪裡呢？」

「別拋出那麼多問題，小女子同樣也不清楚，只知道是個怪胎而已。」

我隨即想起瓶中信裡的內容。

「……嗯，十之八九是個怪胎。」

「算了，一旦我們成功登島，接下來的事自是水到渠成。反正四處探索一下，總會找到人的。」

「那我稍微去那座森林調查看看。」

羅莎莉就這麼飄進由廢墟和森林組成的區域中。

派遣幽靈幫忙探路——對冒險者隊伍而言根本是最理想的偵查手段。

於是，我與別西卜暫時待在原地。

「難得來到陸地上，若有能吃的果實就好了。」

「另外還有螃蟹在路上走著。」

有一隻小螃蟹從我們的面前經過。

牠在撞到聽史後，便主動繞開了。

「小女子已吃膩螃蟹，只想嘗點不一樣的食物！就算是品種不同的螃蟹也不想吃！」

「妳的心情我能理解！老實說我也想吃些不是螃蟹的東西……」

一旁能看見在陸地上爬行的寄居蟹，只是牠看起來跟螃蟹沒有多大分別，所以也勾不起我的食慾。

「瞧那片森林挺遼闊的，感覺上在找到賢者之前，先搜尋食物應該會——」

「亞姊，前面有人！」

羅莎莉從森林裡回來了。她的辦事效率真高耶！

聽史似乎按捺不住喜悅之情，就這麼在原地高高跳起。話說他是從身體哪處產生這麼優秀的跳躍力呀？

這趟旅行對聽史來說，感覺上就像是受邀參加網聚呢。

「妳還真快就找到人呢。難不成是住在哪棟廢墟裡嗎？」

想想此處的環境還挺適合供人隱居。

「不是的，那裡一共有三十人左右。我也不清楚哪一位是賢者，總之能肯定那邊有人居住。」

「人口比我想像中的還多耶！」

這種與世隔絕的環境裡居然住著那麼多人。

賢者獨自一人住在孤島上的想像立刻破滅。

三十人差不多就是一個班級的人數。或許村裡最偉大的那個人就是賢者喔？

「其實在魔族的世界裡，也曾經有過『迷蹤森林七賢』的傳說，內容是有七名賢者住在該處。既然這次的人數多達三十名，可能有攜手鑽研出全新的理論也說不定。」

「無論是在哪個世界裡，好像都會存在著類似的傳說耶。」

「相傳有人想成為第八位賢者，卻被迷蹤森林阻擋在外，最終沒能見到那群賢者。」

這也算是難以一睹尊榮的賢者吧！

「俗話說三個臭皮匠勝過一個諸葛亮，多達三十人應該會很不得了吧。」

「話說諸葛亮是什麼啊？」

因為解釋再多也沒人聽得懂，所以我簡略回說是某個賢者的名字。

「羅莎莉，妳有跟對方交談過嗎？」

別西卜略顯警戒地提出問題。

「那幫人應該不是只會說『吶～吶～吶～』這句話吧？」

原來是在提防育育族！

我曾經造訪過某座無人島（原以為島上沒有居民），結果遇見一群只會說「吶～吶～」的土著。

當初是暫且將這群人命名為育育族，後來才發現是魔族的雪人們在玩南島土著遊戲。他們把自己設定成一群只會說「吶～吶～」的土著，實際上是擁有正常的會話能力。

沒錯，終究有可能是一群人假裝成哪來的土著……

「我並沒有碰上那種情況。在我告知來意之後，對方就叫我來幫妳們帶路。」

面對我們這群不請自來的客人，對方或許會相當警戒。假如我是一般人，現在也許會感到有些害怕，可是我在戰鬥方面並不會輸給任何人，因此不太有機會遭遇危險。

「那我們出發吧。」

別西卜說完這句話便抱起聰史。

「嗯，一起去見見世界三大（難以一睹尊榮的）賢者吧！」

◇

當我們走進森林後——

漸漸能聽見前方傳來說話聲。

有一群人坐在整齊排列的木桌邊，不斷地交談著。

而且桌上還擺著裝有狀似飲料的木杯。

這裡不會是咖啡廳吧……？

「跟我想像中的差好多！」

仔細觀察，他們並不是一般人族。

感覺上跟桑朵菈有些相似，頭上有著花朵或樹葉。

另外還從腰間伸出不知是樹根或莖的東西。

話說現場幾乎都是女孩子……不對，好像全是女孩子？看起來很像是哪來的辣妹。

恐怕是有別於人族的種族吧。

對方也注意到我們的到來。

「啊，這情況真是超稀罕的！」「嗚哇，那套魔族衣服看起來好像是什麼角色扮演喔～真搞笑！」

「這才不是角色扮演！小女子可是如假包換的魔族大臣！」

其中一人嘲笑別西卜的打扮，令別西卜氣得大聲反駁。我個人認為別西卜是該檢討一下自己的裝扮喔。

「瞧妳們的樣子——應該是仙女木族吧。」

別西卜似乎一眼就認出對方的身分了。

「記得仙女木族在定位上是類似草木妖精吧。」

「沒錯沒錯。」「我們是仙女木族喔～」「妳們來這裡有什麼事嗎～？」

之所以會覺得她們跟桑朵菈有些相似，大概就是基於這點吧。

別西卜將手中的聰史展示在仙女木們面前。

「妳們之中有人寫信說想見見這位聰明的史萊姆。這裡有誰自稱是世界三大難以一睹尊榮的賢者？」

「這邊這邊～」坐在深處的其中一位仙女木舉起手來。

「蜜優就是世界三大難以一睹尊榮的賢者～你就是聰明的史萊姆嗎？哇～沒想到真的能見到你！簡直就是奇蹟發生呢！」

原來是最有辣妹氣質的仙女木！

「那是蜜優的好朋友嗎？」「好像是從很遠的地方來到這裡的。」「不會吧？」「沒想到居然有這樣的好奇寶寶呢。」「妳們是魔族、幽靈以及魔女嗎？」

能看見在座的其他仙女木們紛紛出現不同反應。

她們給人的感覺基本上都很像是辣妹，不過其中一名仙女木的說話方式比較近似於大小姐。

「亞姊，我比較不擅長面對這類人……」

羅莎莉躲到我的背後。

「也、也沒必要躲起來吧……」

難道辣妹跟太妹容易八字不合嗎？

「這裡還有空座位，妳們也坐下吧。想點餐的話就在那邊。」

所指之處有個狀似供人點餐的吧檯。看來這裡真的就是咖啡廳。

「請問有什麼餐點呢？」

我向仙女木族店員詢問。相形之下，店員看起來反而較為清純。

「基本上都是果汁跟樹汁。」

真是十分符合仙女木族風格的餐點……

「比起樹汁還是果汁好了……別西卜也喝果汁吧？那就請給我兩杯中杯果汁。」

別西卜點頭肯定。

「兩杯中杯果汁。本店可以選擇是否去冰，請問有需要嗎？」

「別西卜，妳要去冰嗎？那就兩杯都去冰。」

別西卜再次點頭。

「好的，有需要加糖提升甜度嗎？」

「兩杯都加糖好了。請問該怎麼付錢呢？」

「並非仙女木族的來賓皆是免費招待。取餐是在側面的吧檯，請兩位稍待片刻。」

「就在這裡等出餐吧。」

我移動至出餐的吧檯。

「瞧妳對於點餐似乎很習慣喔！」

在被別西卜吐槽之後，我才終於注意到自己剛剛在點餐時應對得很流利。

「真的耶……感覺上好像知道該怎麼點餐……」

我和別西卜拿著裝有果汁的木杯回到座位。

聽史跟仙女木族賢者好像已經聊開了。

話雖如此，由於聽史不會說話，因此基本上都是仙女木單方面在開口。

對了，他們在聊什麼呢？

「就是這樣喔。不覺得很扯嗎？超扯對吧？當真是有夠扯的～」

就只是不斷重複扯這個詞彙！

「那個，仙女木族的賢者小姐，畢竟機會難得，方便稍微自我介紹一下嗎？我是高原魔女亞梓莎。這位女幽靈是和我同居的羅莎莉，這位魔族則叫做別西卜。」

我大略介紹一下。

「是嗎是嗎？蜜優的名字叫做蜜優蜜優協抵瑜。」

這全名也太有特色了吧！

「那個～這個……好獨特的名字呢。」

「這對仙女木族而言很常見喔。說起這座島嶼，目前就只有仙女木族住在這裡。就這麼過著悠悠哉哉的生活。雖然人家是世界三大難以一睹尊榮的賢者，但一直在跟這裡的人邊聊天邊學習，所以實際情況可是扯到島上居民都算得上是賢者喔。像這種只有賢者居住的島嶼不覺得很扯嗎？」

總覺得這情況和迷蹤森林七賢頗為相似。就連這位蜜優蜜優協抵瑜與其說是個體，不如說是團體裡地位較高的人。

別西卜露出一道質疑的眼神，望向那位名叫蜜優蜜優協抵瑜的仙女木。

「她跟聰明的史萊姆一樣，單就外表不太像是賢者耶。」

確實她只像是哪來的辣妹，雖然我也無法肯定這個世界是否有辣妹的概念。

「這很正常呀。如果有人說自己是賢者，不覺得那個人超扯嗎？那樣也就不算是賢者啦。一般來說，身為賢者就要讓自己表現得很扯才行喔。」

蜜優蜜優協抵瑜對別西卜的話語一笑置之。

也不是無法理解她想表達的意思，問題是「扯」所包含的意思廣義到十分令人混亂。

別西卜還是露出一副難以釋懷的表情，並把聽史專用的鍵盤布鋪在桌上。

「方才的內容真叫人好奇呢。」聽史在鍵盤布上來回移動地表達意見。

「原來你是用這種方式交談呀。真扯耶，當真是超扯的～好搞笑喔！」

蜜優蜜優協抵瑜笑得花枝亂顫。這名字真饒舌耶，就簡稱為蜜優吧……

「對協抵瑜來說，扮演賢者時反倒比較輕鬆喔～」

「原來有時也會以協抵瑜來當作第一人稱啊！」

明明蜜優聽起來比較可愛啊！重點是妳剛才也用蜜優來自稱吧！

「妳的吐槽很扯喔～人家學起來了！」

莫名被對方學走了。想學就學，請不必客氣。

在這之後，我們試著打聽無法接近之島當地的情況。

目前就只有仙女木族住在這座島上，並且在這裡過著悠閒的生活。

「話說妳們仙女木族都不會前往其他地方嗎？想想平常不太容易遇見仙女木族耶。」

「嗯，這樣很正常呀～」

蜜優突然從座位上起身。

接著快步跑開。

這到底是什麼情形!?難道發生了必須趕緊逃命的事情嗎？

——不久之後，只見蜜優背上有一條類似電線的東西將她拉住。

「妳看這個，仙女木族就是透過這條藤蔓從植物獲取養分喔～所以完全沒辦法遠行～很扯對吧。」

「居然還有這樣的內情！」

仙女木族就是基於這個理由才很罕見啊。若是沒有主動拜訪她們，原則上幾乎碰不到。

「一直無法離開同個地點確實很辛苦。像我也當了很長一段時間的地縛靈，可以理解妳的感受。」

羅莎莉顯得相當同情。

蜜優在驚覺氣氛變得有些凝重後，不禁慌了手腳。

「啊，可別把我們當成是地縛靈那類超扯的存在喔！因為我們也能改採無線模式！」

咦？無線模式？

總覺得聽見某種奇怪的詞彙。

就在此時，恰好有其他仙女木族來到店門口。

那群仙女木族身上都沒有牽著一條類似藤蔓的東西。

「啊、這張座位可以補充魔力！」「好耶～那我要坐這張座位！」

語畢，仙女木們將頭上有個狀似葉子的部位拔起來，從中延伸出很像是電線的東西。

然後對準座位上某個很像是插座的東西插進去。

「呼～像這樣補充魔力才能夠讓人放鬆下來耶～」「但在無線模式下活動到很累之後再補充魔力，不覺得很痛快嗎？」「我懂我懂～♪因為那樣感覺會讓人變瘦喔～♪」

簡直就像是在幫手機充電！

「這種事有那麼罕見嗎？雖然從前的仙女木族好像無法遠離樹木生活，但那樣不方便到很扯吧？所以我們在各方面都有超扯的進化呢。」

沒想到一個種族還能產生如此方式的進化……

「附帶一提，協抵瑜在前往遠方時，就會使用這顆電池喔～」

蜜優從包包取出一個狀似馬鈴薯的東西……不對，那的確是一顆馬鈴薯。

但以種類來說又不是馬鈴薯，而是偏向地瓜。感覺上能當成甜點享用。

「那是什麼？吃的嗎……？」

「也太搞笑了吧～！這怎麼能吃嘛！是要這樣用的～！」

蜜優從地瓜中拉出一條根或莖的東西。只見那條東西不斷伸長。

然後蜜優將地瓜電線的前端插在自己背上。

「只要有這個東西，就算遠離樹木也沒問題喔。有了它就可以補充魔力～」

完全就是行動電源！

「嗯～……沒想到仙女木族居然完成如此獨特的進化……就連魔族那邊都沒有掌握到這類情報……」

即便是別西卜也被這幕給嚇傻了。大概類似於科隆群島上的動物，因為生存在與世隔絕的環境裡，最終以獨特的方式進化。更何況這裡又被稱為無法接近之島。

「真叫人好奇呢。」聽史移動於鍵盤布上組成這句話。

「對吧？超扯對吧？」

想想她從一開始就幾乎都只用「扯」這個字來解釋事情。

雖說光是如此出乎意料的發現與相遇，就已經不枉費我們千里迢迢來到這裡，但有一件事讓我有點難以釋懷。

這位名叫蜜優的仙女木當真是賢者嗎？

縱使以概念而言，世界三大難以一睹尊榮的賢者已偏門到可以不必深究，但問題是她看起來實在不太聰明。

先聲明一下，我並沒有抱持辣妹都笨笨的這種偏見。

純粹是覺得她並沒有聰明到足以稱得上是賢者。

畢竟我並未抱持必須見到賢者的使命感，即便蜜優不像個賢者也無傷大雅，問題是特地來到這裡的聰史因此大失所望，我會有點過意不去。

這情況就類似於跟網友約出來見面，卻發現對方與網路上給人的感覺相去甚遠……

此時，別西卜拍了拍我的肩膀，小聲提議說：

「難得有這樣的機會，就讓兩位賢者自己聊聊如何？至於我們就在島上觀光，要不然也可以帶船長他們一起四處逛逛。」

確實我們一直待在這裡，有可能會導致兩位賢者無法盡情聊天。外加上我對這座島也有些好奇，而且尚未將我們遇見仙女木族一事通知船長，至少回去知會一聲也好。不過——

我也壓低音量回說：

「是沒錯啦……不過讓聽史跟那個名叫蜜優的女生獨處當真沒問題嗎……？總覺得兩人話不投機……」

「也只能到時候再說囉。明白自己與對方個性不合也是一段很好的經驗。或許這對鮮少有機會與人相處的聽史是必要的人生歷練也說不定。」

「別西卜，難得聽妳說出這麼有道理的話耶。」

「妳為何要表現得有點訝異!?真沒禮貌！」

最終在別西卜的推波助瀾之下，我們將蜜優和聽史留在店裡先行離去。

◇

之後，我們和伊姆蕾蜜可船長會合，在其中一位仙女木的帶領下於島上參觀。

起先挺擔心身為人魚的船長能否在陸地上步行，只見她扭動著下半身往前移動，甚至還可以從地上跳起來。

「我下半身呈現魚的部分其實很有肌肉喔～這點程度對我來說是小菜一疊～要不然我就連站在陸地上都辦不到囉～？」

「看來船長也挺有精神的。」

仙女木族所在的這座島嶼比我想像中更加勁爆。

當我們抵達森林深處後，能看見該處開了不少服飾店和雜貨店。材質應該是使用植物纖維。這裡的仙女木都像辣妹一樣喜歡打扮。

嚴格說來卻不算是店家。

「請問這東西多少錢呢？」我開口請教擔任導遊的仙女木。

「這些都免錢喔～」結果換來上述答案。

「咦？免錢的？這樣不就無法促進經濟……想想這座島的規模也沒有所謂的經濟吧……」

「這些都是大家基於興趣製作的，想要的人就自己拿走。這種方式並沒有任何不妥呀。有時是想要樹汁的人會拿自己的樹汁來交換啦～」

「大概是這座島過於狹小，導致這裡的仙女木們並沒有貨幣的相關概念。」

別西卜邊走邊認真地寫下筆記，模樣很像是大臣正在出外視察。

我們花了將近三個小時逛遍整座無法接近之島。

像這樣體驗異國文化其實挺有意思的。後來還去參觀仙女木導遊的住處。她家裡布置許多粉紅色的花朵，內部裝潢看起來很夢幻。

現在已是黃昏時分，能看見遠方的大海被染成橘紅色。

「是時候該回咖啡廳了。」

「也對，該去接聰史了。」

老實說，我對於回去找聰史一事感到有點擔心。

他不會被冷落吧……或是因為跟蜜優聊不來而感到難過……

假如到時看見聰史一個人孤零零地坐在咖啡廳裡（？），我可能會受到不小的打擊。

可是當我們抵達時，發現咖啡廳裡瀰漫著一股詭異的氛圍。

理由是聰史與蜜優的座位周圍被仙女木們擠得水洩不通！

咖啡廳內顯得相當熱鬧，相較於我們當初抵達是來了更多人。

到底發生什麼事了？

聰史靈活地在鍵盤布上跳來跳去。

「聰史，按照你那種說法，等於是一頭倒栽進形上學唯我論那樣超扯的喔。」

好像聽見蜜優說出艱澀的詞彙。

不光如此，附近觀眾也接連冒出這類深奧的用詞。

聽史再度跳來跳去。

「不對，你那樣可是扯到等於過度注重語言喔。比方說蜜優在吧檯前只說了『果汁』二字，這種時候就等於是『請給我一杯果汁』的意思。但在『果汁』這個單字裡並沒有包含『請給我』的意思。透過語言來表達終究有所極限。在語言的使用方式中，能表達的含意可是多到超級扯。」

聽史又在那邊跳來跳去，確切說來是以飛快的速度在鍵盤布上移動。他那樣很像是哪來的反覆橫跳高手……

我向其中一名旁觀的仙女木提問說：

「不好意思，請問這裡出了什麼事嗎……？」

「他們對於某件事的意見相左，於是正展開議論。」

啊，這位是操著一口大小姐腔調的仙女木。

「我們仙女木之間沒有貧富差距或生病這類真諦的不幸，所以閒暇之餘都會聚集在咖啡廳裡，日復一日進行這類議論。」

這裡居然實現類似古希臘哲學家們的生活環境！

我這次向聽史攀談。

「那個～聽史，你們討論得怎樣了？還會花上不少時間嗎？」
聽史再次高速移動於鍵盤布上。
「他回說『還得花上好幾天』……」
別西卜略顯困擾地說著。
蜜優也抬頭看向我們。
「啊、妳們回來啦～老實說這場討論短時間內應該結束不了，等我們聊完再通知妳們。因為話題實在有趣到超扯的，歹勢歹勢。」
我重新體認到一個再普通不過的事實。
就是不該以貌取人。
即使外表像個辣妹，依舊能討論哲學問題。
「亞梓莎，這下該如何是好……？」
別西卜像是想確認我的反應般看了過來。
「……這對聽史來說是個難得的機會，再加上我們也花了一番工夫才來到這座島嶼，那就等到他們得出結論之前都待在這裡吧……」
我們把聽史留在咖啡廳，回到幽靈船上享用以螃蟹為主食的晚餐。
如果同樣只有一堆螃蟹的話是會讓人吃膩，由於我們在島上取得各種蔬菜水果，因此菜色有了更多變化。

儘管挺擔心我們吃下這些蔬菜水果，看在仙女木族的眼裡會作何感受，不過她們反而還跟我們推薦各種蔬果冰沙，老實說真是幫了大忙。

「亞梓莎，這杯冰沙還真是無比美味耶！」

「是啊～另外這裡的風景很像是南國觀光勝地，以某種角度而言算是來這裡度假呢。」

既然當初是好不容易才抵達這裡，像這樣享受一下應該無妨。

隔天，我與別西卜就這麼和骷髏們一起在海邊享受日光浴。

完

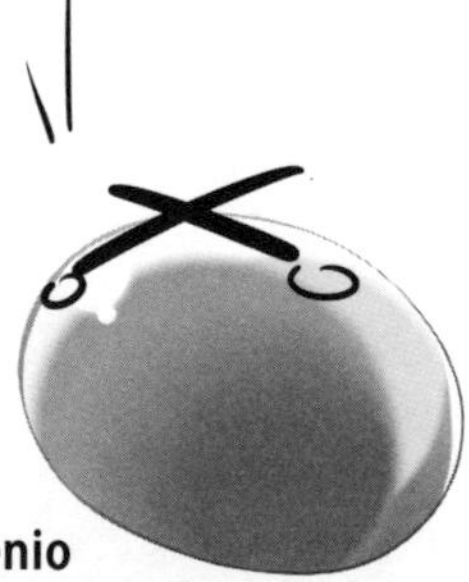

紅龍女子學院
持續狩獵史萊姆三百年，
不知不覺就練到 LV MAX
—外傳—
Morita Kisetsu
森田季節
illust. 紅緒

超越速龍

「那不是萊卡同學嗎？」「就連走路姿勢都如此優雅。」「她抬頭挺胸的姿勢好標準呢。」

我已漸漸習慣這種走在路上總會成為矚目焦點的不自在感了。

話雖如此，我並未因此感到志得意滿，反倒是希望大家別這樣對我……但我很清楚出聲提醒只會令情況惡化，所以沒辦法這麼做。

我曾經提醒一名學生說「可以別當著我面前與人討論我的事情嗎？」，結果只換來「啊～！萊卡同學居然找我說話，這真是我的榮幸！」以上這種喜出望外的反應，著實令我感到一頭霧水。

結局就是事與願違，因為這麼做會被我糾正，大家反倒故意在我面前交頭接耳。我也只能死了這條心。

這時，後側傳來一陣小跑步的腳步聲。

只見熙雅莉絲抱著語言學的教科書和筆記追上來，與我比肩同行。

「熙雅莉絲同學，妳不該像這樣在走廊上小跑步。校規有說走廊上只能慢慢走，或是在確認安全後全速奔馳，像妳這種半吊子的方式可是一點都不優雅喔。」

之所以可以全速奔馳，是因為這樣才符合美學。聽說龍族與人族在這部分的觀念上有所出入。真要說來，紅龍族跟其他龍族的價值觀也有可能不太一樣。龍族之間在文化上也會隨著種族有所不同。

「不好意思，我看走廊上有不少人，得出的結論是想追上萊卡大姊您就只能靠小跑步。」

「熙雅莉絲同學妳真是思緒靈活，想想是我自己太不懂變通了。」

「也許吧。我之前曾聽班導說過，老師們最近對於學生犯下的小錯都睜一隻眼閉一隻眼。原因是現任學生會長建議校方不該墨守成規，而是任由學生自由發展。」

唔～……又是關於姊姊的話題。

一旦就讀這間女子學院，似乎免不了會提及與姊姊有關的事情。

畢竟在女子學院裡，除了我們這些一年級生以外，還有最年長的六年級生。

而且並非就讀六年即可從學院畢業。

實際上是每十年才會提升一個學年，因此招生也是每十年才舉辦一次。

原因是龍族的人口遠比人族稀少，外加上壽命很長，每年招收新生也沒意思，所以才會每隔十年招生一次。即使同為一年級生，歲數有所落差也實屬正常，沒有人會去在意這種事。

另外，報考女子學院的年紀也是因人而異。就像姊姊達到報考年齡時，她仍舊先花了三十年的時間遊歷世界各地。

姊姊之所以有著異於常人的一面，我相信原因就是出在這裡。等等，這問題似乎會牽涉到類似先有雞還是先有蛋的問題。倘若姊姊的個性是一板一眼，也就不會在入學前先花費三十年的時間出外遊歷。

唯一能肯定的就是姊姊在入學前已見多識廣，很清楚自己在大眾眼裡是個什麼樣的人，在完美扮演學生會長的同時，也懂得採納各種能深受學生們支持的政策。

當我回神時，才發現熙雅莉絲同學正探頭窺視著我的臉。

「我的臉上有什麼嗎？」

「每次提及學生會長時，大姊您的神情都會有些陰鬱。恕我冒昧過問一下，請問您與姊姊的感情不太好嗎？」

我不由得嘆了一口氣。

「我們的感情並不差。真要說來是姊姊非常疼我，買衣服送我不只一、兩次，還經常幫我設計新髮型，算得上是我引以為豪的姊姊。」

「原來如此，當姊姊過於優秀時，反而會成為一種負擔。」

由於熙雅莉絲同學總愛打破砂鍋問到底，因此答案等於不攻自破。

「可以這麼說吧。縱使我不願跟她做比較，偏偏心底又不自覺地想和她較量……」

因此問題並非出在姊姊身上，而是我跟姊姊在各方面都處不來。

明明我自小就想當個出色的龍族，結果姊姊以最終頭目的身分阻擋在前，令我感到很不是滋味。

一陣來自於火山山腰，夾帶著溫暖春意的涼風從窗戶吹了進來。

季節再度交替，迎向春天。

這是我們一年級生入學後迎接的第五個春天。

我進入女子學院後，轉眼間便過了五年。

多虧我不斷努力向上，如今已無人嘲諷我只是沾姊姊的光打響名聲。畢竟我在一年級之中拿下文武雙全的亮眼成績。就連一、二年級聯合舉辦的百人切磋裡，我也從中脫穎而出。

縱使我順利獲得同儕的仰慕，大家的眼神中仍包含著「會長的繼承人」以及「會長的親妹妹」等意思。

我究竟該如何去面對上述這些標籤呢？

女子學院裡唯獨我必須背負的這個課題，今後似乎還是得繼續面對。

此時，熙雅莉絲同學扭頭看向一旁的牆壁，該處有一個告示板。

「熙雅莉絲同學，是公布什麼消息嗎？如果是考試時間又好像早了點。」

「萊卡大姊，即將舉辦學生會幹部選舉了。」

招募強力新血！

學生會長幹部選舉

四月二十日

截止報名！

招募

學生會長、副會長、
書記、會計、總務

選舉管理委員會

「……啊～就是姊姊從一年級起就不斷連任學生會長的學生會幹部選舉啊。」

即使附近沒有鏡子，我也能猜出自己此刻的臉色有多難看，因此我主動將心底話說出來。

「萊卡大姊您——應該不打算報名吧。」

「妳還真清楚呢。原因是我一旦報名，絕對會有人跑去跟我姊姊說些有的沒的。」

「我個人認為大姊您參選肯定能有一番表現，偏偏唯獨此事不適合強人所難，所以我這次願意放棄。」

熙雅莉絲同學似乎越來越懂得體諒我。

就在這時，我的肚子出現異狀。

咕嚕～～～～～～

就這麼發出十分響亮的空腹聲。

總覺得就連走廊底端都能聽見這陣聲響……

熙雅莉絲同學立刻取出一個麵包。

「萊卡大姊，請享用這個丹麥麵包。」

我心懷感激地收下麵包。

「謝謝。但只有這點應該不夠，等下堂課結束後，我們得馬上前往學生餐廳。」
「好的，感覺我今天也能吃下三龍份的食物。」
我和熙雅莉絲同學朝彼此點了個頭。
「那我去取火腿、香腸以及濃湯時都會幫妳拿一份。」
「羊肉、鹿肉、牛肉以及豬肉料理就交給我去拿。」
在學生餐廳用餐時，分工合作是很重要的。

◇

這天，學生餐廳內同樣是兵荒馬亂。
但我沒有感到一絲焦慮，確實地將火腿和香腸夾入盤裡。
在女子學院裡，用餐也是教育的一環。為了讓學生學習用餐禮儀，學生餐廳就只提供類似高級旅館的吃到飽，除此之外沒有其他選擇。
另外基於龍族的食量，讓餐廳準備個人份的餐點是效率很差，倒不如像吃到飽那樣大量製作每道菜，反而更能節省成本。我認為這才是真正的理由。原因是每次來用餐時都要將菜單上的料理全點一遍，對彼此而言都是麻煩。為了讓大家方便結帳，唯有吃到飽才是最明智的做法。

當我回到我們事先占好的座位上後，發現熙雅莉絲同學就連點心也已經確保好兩人份了。

「萊卡大姊，今天有推出全新的牛奶餅乾，所以我先拿了兩份。」

「妳真有先見之明，熙雅莉絲同學，畢竟點心類的食物很容易被拿完。」

那麼，接下來就優雅地享用充滿肉汁的牛排吧。

為了避免肉汁噴濺到衣服上，盡可能一口吃掉才符合用餐禮儀。若是使用刀子切開的話，最終將導致肉汁流失。

「萊卡同學居然一口就將那麼大塊的牛排吃得一乾二淨。」「而且沒有一絲狼吞虎嚥的感覺，真是太出色了。」「明明盤子裡裝了多種餐點，卻不會讓食物混在一起破壞美觀。看來她在夾菜時都有想好如何擺放食物。」

又有人在討論我的事情，不過聽起來我並沒有出洋相，這樣就算是合格了。

「萊卡大姊，這就如同諺語所說，比起賞花倒不如先填飽肚子。」

熙雅莉絲同學也開心吃著自己的牛排。不過她在開口之前，已確實把食物嚥下了。畢竟邊吃邊說話將違反用餐禮儀。

「沒錯，要是沒有好好吃飯的話，之後將什麼事都做不好。」

——但在當天的班會時間，居然公布一個相當驚人的消息。

「接下來的消息或許有許多人會感到十分遺憾，聽說學生餐廳準備取消吃到飽制度。」

◇

班導在臺上宣布這件事。

與此同時，班上同學接連發出哀號。

「不會吧！」「這可是女子學院的空前危機！」「難道神要遺棄我們龍族了嗎!?」

關於這個問題，我實在無法默不作聲。

儘管我不願引人注目，但還是對著班導舉手發問。

「有什麼事嗎？萊卡同學。」

「老師，關於取消吃到飽一事，能否請教一下是基於什麼理由呢？倘若是因為校方支撐不了學生餐廳的龐大開銷，我個人是不介意調漲學費。」

「沒錯！」「即使要我打工也行，我情願調漲學費！」同學們接連附和我的意見。

「並不是經營上出了問題。」

班導繼續解釋。

「而是學生會部分的幹部這麼提議。理由是『對學生提供吃到飽服務容易有損社會觀感，人族女子學院的視察團在參觀本校學生餐廳時，全都嚇得目瞪口呆』。」

我對於這樣的批評並不意外。

原因是我早就知道看在人族等其他的種族眼中，我們龍族的食量極為駭人。

不過龍族原本就長得十分巨大。

自然需要充足的熱量才能夠維持肉體。

「既然這意見只來自於學生會的部分幹部，相信會長與其他幹部不會同意的。」

有同學提出上述看法。

如果是少數人的意見，理當不會採納才對。

可是班導搖搖頭說：

「會長表示為了支持幹部們的自主性，她不會主動否決任何提議。外加上不久後就要選舉，會長認為所謂的學生自治，就應該透過選舉來徹底否決這項提議。」

我覺得這段話確實很符合姊姊的風格。

即便身為學生會長，姊姊也不會讓任何事情都由自己主導。

既然麾下成員提出意見，她就會盡可能讓對方放手去做。

問題是一旦學生餐廳的吃到飽當真取消，將會關乎女子學院的存亡！

學生們的諸多不滿是仰賴吃到飽來發洩，最終才沒有爆發出來。

如果取消吃到飽，學生們的不滿將會與日俱增，甚至可能導致女子學院風紀敗壞……

於是我又對班導提出另一個問題。

「老師……雖然這件事有些令人難以啟齒，請問是哪位學生會幹部提議取消吃到飽呢……？」

「現在分發的學生會通知裡有寫，大家可以自己看。」

原來如此，難怪老師會選在班會時間公布這項消息。

學生會通知的內容如下。

支持取消有損形象的吃到飽服務

提議者：學生會書記莉庫袞緣

關於「上午的下課時間都會聊什麼？」這個問卷調查，最多人回答的就是午餐吃什麼。相較於國內其他種族的女子學院，此數字是高得近乎異常。本校的教育方針是培養能走出龍族世界放眼全球的優秀人才，這可說是個不可輕視的問題。另外吃到飽的用餐方式，根本無助於學習身為淑女應當遵守的用餐禮儀，因此我個人認為必須推動套餐式的料理制度。

還想說莉庫裘緣這名字特別耳熟，就是那位速度快到將剛入學的我遠遠拋在腦後的學姊。記得她的體型在龍族裡算是相當嬌小。

她的說詞也頗有道理……

即便繼續提供吃到飽，對於用餐禮儀上似乎也不會有任何貢獻。反倒還會發展出女子學院獨有的特殊禮儀，就此與外界脫節。

不過這終究是她個人的看法。

我能用自己的論點將她駁倒！

當天下午，我一聽見姊姊返家的聲音就前往玄關。

「姊姊，我有事情想──」

「哇～！萊卡妳還特地來迎接姊姊呀，妳果然是我最棒的妹妹呢！」

在我把話說完之前，姊姊已將我一把摟進懷裡……

並且在我的耳邊低語說出極具衝擊的一句話。

「莉庫裘緣書記的速度差不多就是這麼快喔。」

看來姊姊早就料到我想說什麼了。

「要是我加入學生會的話，就可以阻止取消吃到飽一事，或是說服莉庫裘緣學姊暫緩執行嗎？」

「若是萊卡妳想讓自己的意見通過，就得在吃到飽的這項議題裡戰勝對方。而這也是選舉原有的樣貌。對了，萊卡妳換掉制服改穿居家服同樣看起來很可愛喔～得感謝媽媽生出妳這麼一位妹妹呢～」

請別將嚴肅的話題與這種芝麻小事參雜在一塊。

話雖如此，我該做的事情已經確定了。

就是「挑戰」選舉，並且從中「勝出」。而這也是一種「成長」。

…………但我總覺得只要將維持吃到飽制度一事寫進政見裡，應該三兩下就能夠當選了……

◇

「不愧是萊卡大姊！請您務必要成為集眾人尊敬於一身的書記！」

當我於隔天的休息時間將參選一事告訴熙雅莉絲同學之後，她對我是讚譽有加。

附帶一提，我提及此事時正在做不使用雙手的伏地挺身。

「謝謝。如果可以的話，能請妳來擔任我的助選員嗎？」

「只要是為了大姊您，我自然是全力相助，但我無論做什麼都會出現誤差。記得至今從未發生過因為票數不足而落選的情況。」

「咦……？不好意思，我對女子學院的選舉不太清楚，可以麻煩妳說明一下嗎？」

如今回想起來，早知道就向姊姊打聽相關細節了。

「本校是如果想加入學生會，就必須接受全校學生的信任投票。就算只獲得一票也有資格加入學生會，因此這個階段是絕無可能落選。」

「……請等一下，這樣的選舉有什麼意義？」

制度聽起來比我想像中更鬆散耶……

「在這之後才是真正的選戰。直到人數達標之前都得透過拳頭正面對決。因為歷屆的書記只有四名，偏偏報名者都能通過信任投票，假如大姊您想正式加入學生會——就必須戰勝速龍莉庫裘緣。」

照此情形看來，最終得講求一個人擁有多少力量……

不過這樣也很簡單易懂。

無論是我或身為現任書記的學姊——

獲勝方的意見便會通過。

就讓我們走著瞧吧。

幸好在不久之後，我就有機會親眼目睹競爭對手莉庫裘緣學姊的戰鬥方式。

◇

放學後當我準備離開校舍時，恰巧有人向莉庫裘緣學姊下戰帖。

「莉庫裘緣學姊！我絕不同意妳那種單方面取消吃到飽的做法！如果妳在單挑中輸給我，就請妳撤銷這項提案！」

從領結的顏色來看，下戰帖的學姊是三年級，反觀莉庫裘緣學姊則是四年級。頭上的馬尾隨風飄揚的莉庫裘緣學姊，似乎原本是坐在校門和校舍之間中庭的某張長椅上看書。

「妳這個人還真吵耶。居然打斷我的看書時間，簡直就是不解風情。」

莉庫裘緣學姊將書籤夾在書裡，緩緩把書闔上。

儘管學姊本身很冷靜，不過陪伴在學姊身旁的跟班們都顯得相當惱怒。想想有人前來挑戰自己的大姊頭，也難怪會嚥不下這口氣。看她們似乎隨時都會化為巨龍型態衝出去揍人。

由於此刻正值放學時間，現場馬上擠滿了圍觀的學生們。我也是其中一人。周圍不時傳來「無論如何都堅決反對取消吃到飽」的聲音。

單以現場的聲勢來看，對莉庫裘緣學姊是相當不利。

「或許妳的食量很小，問題是我每天經常在餓肚子，跟妳這種裝優雅待在中庭翻閱詩集的人相去甚遠。」

「詩集？我看的這本書是《戰略與決斷增修版》。」

聽似是一本內容相當艱澀的書籍。

她輕輕壓著裙襬以免被風吹起，緩緩地從長椅上起身，

像這樣再看一次，我發現莉庫裘緣學姊的身材確實非常嬌小，模樣一點都不像是四年級生，甚至宛如準備報考本校的年輕少女。看她的外表，真有辦法勝任學生會的幹部嗎？

假如單就體格，是前來挑戰的三年級生占上風。

也難怪她會如此有自信。附近的其中一名學生毛遂自薦擔任裁判，當她一宣布戰鬥開始，三年級生馬上往前衝——

下一刻——只見莉庫裘緣學姊已來到三年級生的面前。

她是何時接近的!?

莉庫裘緣學姊一拳打向對手的胸口。

「咳咳！咳咳！」

三年級生的呼吸立刻被打亂，就這麼縮著身子無法動彈。

由於彷彿她跟班的二年級生連忙上前關切，這場戰鬥就此分出勝負。

最終是由莉庫裘緣學姊拿下勝利。

「奉勸妳別把蠻力跟強大畫上等號。另外妳在開戰前就已呼吸紊亂，一點都不優雅。還有我先說清楚，我不打算把妳這種弱者收為跟班。」

面對這場轉眼間就分出勝負的戰鬥，圍觀的學生們鴉雀無聲。

這就是學生會幹部的實力。

在敵人還手之前就獲勝了。

「繼續待在這裡也只會引人側目，回學生會室吧。」

莉庫裘緣學姊吩咐完跟班們便轉身離去，現場沉重的氣氛才稍微緩和下來。

「學生會的幹部真是太可怕了……」「那就是速龍莉庫裘緣大人的實力……」「吃到飽肯定會被取消的。」

圍觀群眾垂頭喪氣地鳥獸散。恐怕大家都深刻體認到自身的無力吧。

但是，我非得戰勝莉庫裘緣學姊不可。

「這場選戰最主要的關鍵，就在於學姊那非比尋常的速度。」

即使返家以後，我一有空就會待在臥室或餐廳裡進行意象訓練。

對手正是莉庫裘緣學姊。儘管只有轉瞬之間，我還是有親眼目睹她的戰鬥方式。如此一來，就可以在腦中進行模擬戰鬥。

——不過……

在意象訓練裡的我，就連擊中學姊一下都辦不到。

每當我主動進攻，她就會迅速拉近距離，一舉將我擊倒。

「妳似乎正在進行意象訓練，但這只是白費力氣。」

當我默默坐在餐廳裡時，換上居家服的姊姊走了進來。

「這種訓練是碰上實力相近的對手才有成效。萊卡妳無論挑戰多少次，也打不贏書記四天王的任何一人。」

「是啊……對了，書記當真需要多達四名嗎？」

「不管是誰想擔任書記，只要實力足夠皆來者不拒。就像會計也有三名，她們又被稱為會計三傑。至於人選是由我這名會長來決定的。」

感覺上人數應該進行縮編……原來學生會成員是全權交由會長來挑選啊。這樣的權力還真是不得了呢。

「總之妳就好好煩惱吧。說起水果是生長在越嚴苛的環境下才會越甜美。妳可要好好努力讓自己變得更甜更好吃喔～」

姊姊伸手拍了拍我的頭。

可惡～！總有一天我要超越她！

話雖如此，光靠意象訓練實在是行不通。

「只能找找看有沒有其他方法……」

「很抱歉麻煩妳專程跑來這裡。」

「請別這麼說，身為萊卡大姊您的跟班，能受您所託是我的榮幸！」

我請熙雅莉絲同學來到我家附近的一處公園裡。

目的是為了進行實戰訓練。

我無論如何都得找出戰勝速龍的方法！

「其實我已變得比以前更強，有自信不辱肉體破壞者的稱號。」

「意思是妳的威力已提升至足以令對手斷筋挫骨的境界嗎？」

「是能夠讓對手到了隔天必定會肌肉痠痛。」

意思是在戰鬥中根本派不上用場吧……？大不了就只會給人添麻煩罷了……

不對，現在不是挑剔練習對象的時候，我必須設法跨越眼前的難關才行！

熙雅莉絲同學的動作確實比以前更加俐落。

換作是入學當時的我，恐怕會輕易敗下陣來。女子學院會將龍族特有的戰鬥技巧傳授給學生們，讓大家日後能為社會帶來貢獻。

可是，我也一樣比起從前成長了許多！

我迅速對熙雅莉絲同學使出一記掃堂腿。

「啊！糟糕……！」

熙雅莉絲同學的下盤很容易出現破綻。

只見她以仰躺的姿勢往後倒。

我立刻跨坐在她的身上，向頭部揮出一拳。

「勝負已分。」

我近距離注視著熙雅莉絲同學的眼眸。

「啊……呀…………」

熙雅莉絲同學卻沒有認輸，取而代之是緊閉雙眼。

難道她還想繼續打……？可是她已被我壓制在地，理當毫無逆轉的機會——

等等。

情況有異。

我莫名覺得熙雅莉絲同學是毫無破綻。

這是為什麼呢……？

感覺她像是正在威脅我，如果我繼續進攻將會無法回頭……

上述這種恐懼感迅速湧上心頭。

但她明明只是閉起眼睛，雙頰染上紅暈而已……

為何我對於該不該繼續追擊感到猶豫？她的姿勢不像是有機會反敗為勝啊……

總之，我決定與熙雅莉絲同學拉開距離。

我憑本能感受到若是繼續戰鬥將遭遇危險。女子學院的課程裡曾經提過，假如在戰鬥中有股不祥的預感，就應該聽從直覺採取行動。

之後，熙雅莉絲同學緩緩從地上起身。

「啊……萊卡大姊，您忽然把臉湊得這麼近會嚇到人的……我的心跳直到現在都還沒平復下來……」

「抱歉，是我太認真了。」

熙雅莉絲同學將手貼在自己的胸口上，露出有些不甘心的眼神看著我。

「明明我都屏息以待，您最終居然是選擇退開……」

就在這時——

我的腦中閃過一個靈感。

「…………咦？妳剛才……說了什麼……？」

「這、這種話還要我說第二次嗎？就是我剛剛一直屏息以待！想想您對於戰鬥還有學業以外的事情真是一竅不通！」

老實說兼具這兩點就是文武雙全，感覺上沒什麼好嫌棄的，但我現在沒空去計較這些。

「謝謝妳陪我練習，熙雅莉絲同學。」

「嗯，意思是練習到此為止嗎？」

「沒錯。」

我緩緩地點了個頭。

「我可能已經找到戰勝速龍的方法了。」

◇

終於來到學生會選舉投票當天。

無論結果是成是敗，都將在這天做出了斷。

我輕鬆通過第一階段審查的信任投票，順利取得學生會書記的候選資格。

接下來就是在選戰的對決中戰勝莉庫裘緣學姊。

戰鬥地點就在成為投票所的體育館內。

莉庫裘緣學姊雙手環胸地在擂臺內等著我。

「倘若身為書記候選人的我取得勝利，還請學姊不要取消吃到飽制度。」

「沒問題，假如妳能獲勝，就表示妳的意志比我更堅定，我願意立刻照辦。」

我與學姊瞪視著彼此。

圍觀的學生多不勝數，現場卻顯得死氣沉沉。

畢竟依照常識來判斷，一年級生哪有辦法戰勝學生會幹部。

這場戰鬥是由姊姊擔任裁判。

這屆的學生會長同樣由姊姊繼續連任。原因是沒有任何一人敢為了奪下學生會長的寶座而上前挑戰姊姊。

「這場戰鬥將決定誰能成為學生會的書記，雙方都沒有異議吧？」

我和學姊都點頭同意。

「好，那就趕緊開始吧。希望二位能帶來一場符合學生會成員的精采戰鬥！」

學生會長將手往下一揮，宣布戰鬥正式開始——

我卻一動也不動地注視著莉庫裘緣學姊。

學姊也繼續維持戰鬥姿勢，沒有進一步的動作。

雙方就這麼站在原地，唯獨時間不斷流逝。

此時，學姊的臉色稍稍一沉。

「難不成妳這個一年級生……已經知道速龍的祕密了……？」

沒錯，我已經識破了。

以空前的速度打倒對手，關鍵就在於——

抓準敵人換氣時產生的破綻！

動物在換氣之際，都會不自覺地露出破綻。

而這也是維持生命時無可避免的反射運動。

不論是萬夫莫敵的勇者或魔王也無一例外。

抓準此破綻、卯足全力接近對手，並且一招取勝——這就是速龍的必殺絕技！

既然如此，我就屏息進行戰鬥！

這正是我與熙雅莉絲同學進行實戰訓練時所找出的答案。

明明熙雅莉絲同學已處於毫無防備的狀態，我卻對於追擊感到猶豫。

這是因為她並未露出生物本該存在的破綻。

「——所以呢？就算妳待在原地時可以屏住呼吸，也無法在進行激烈運動的時候不換氣。一旦妳採取攻勢，身體就會需要換氣。妳無法在不換氣的情況下接近我。」

莉庫裘緣學姊一臉狐疑地直視我的眼睛。

「當妳進攻時必定會產生破綻，就讓妳嘗嘗速龍的厲害！」
學姊一語道破我的弱點。
我也不覺得自己有辦法在不換氣的狀態下迎戰學生會幹部。
更何況缺氧會導致注意力下降。這麼一來，大不了就只能避免在開戰的瞬間吞下敗仗。
那就伺機而動嗎？
直到站在原地的我因為換氣而露出破綻之前——
沒錯，就算我沒有進攻，終究還是不小心換氣了。
下個瞬間——
我能感受到一股強風迎面而來。
是速龍莉庫裘緣學姊正在逼近我！
她已經發動攻勢了！
那麼，我也只能做出回應！
「喝啊啊啊啊啊啊——！」
我以右手全力揮出一掌！
這是不加思索，基於求生本能的一擊！

我的手掌精準打在莉庫裘緣學姊的胸口上。
「若能肯定敵人何時會出手，就可以在腦中模擬狀況進行練習。」
說穿了就是我針對這瞬間的反擊進行過魔鬼特訓。
「看來……操之過急……反而害我……自取滅亡……」
學姊雙腿一軟，就這麼倒地不起。
沒錯，是學姊操之過急了。倘若她對自身速度有絕對的信心，大可守株待兔即可。一旦我發動攻勢，絕對會破綻百出。畢竟我對她的速度束手無策。
偏偏學姊害怕被已經識破速龍奧祕的敵人奪得先機。
於是選擇主動進攻。
打算趁著我採取行動前換氣的瞬間結束這場戰鬥。
一旦明白學姊何時會動手，就算我看不清楚對方的動作，還是有辦法擊中敵人。
「當戰鬥開始之際，直到結束前就只能相信自我。妳就是因為心生疑慮才會落敗。」
此時——我的一隻手被人抬起來。
擔任裁判的姊姊將我的手高高舉起。
「贏家是一年級的萊卡學妹，今後就由她來擔任書記。」

與此同時，周圍發出熱烈的喝采。還傳來「吃到飽不會被取消了！」這類內容的歡呼聲。

不過姊姊經常會做出多餘的舉動。

她就這麼當場給我一個大大的擁抱。

「萊卡，恭喜妳加入學生會！」

「那、那個……為何姊姊要抱住我……」

隨即傳來類似由歡呼和慘叫交雜而成的聲音，不過其中蘊含的意思似乎有別於先前……

「因為我就想這樣幫妳慶祝勝利呀？」

「請趕快放開我！」

「咦~？反正我們在家也經常摟摟抱抱嘛。」

「在家跟學校又不一樣！」

於是我當著許多人的面前害臊得滿臉通紅……

算、算了……總之能保住吃到飽制度就好……

順帶一提，敗給我的莉庫裘緣學姊依舊是學生會的成員。

原因是姊姊設立了名為副書記的全新職位，並提拔莉庫裘緣學姊擔任，前提是不能再提議廢除吃到飽制度。實質上等同於第五位書記。竟然職位都能隨意增設，學生會長的權力實在是太嚇人了……

◇

對決結束後，當我首度踏入學生會室時，莉庫裘緣學姊立刻閃現在我的鼻頭前。

「學、學姊妳貼得太近了……」

「新書記，接下來我會以副書記的身分輔助妳。另外還會指導妳關於書記的各項職務，奉勸妳做好覺悟。」

看來這位學姊的個性非常一板一眼。

「我知道了……可以請妳稍微後退點嗎？」

「畢竟保持這樣的距離，妳再不願意也得專心聽我說話吧？」

問題是依然得有所限制。我總能嗅到一股類似香水的氣味，害我的心情遲遲難以平復……

這個時候，我忽然想起一件事。

在與熙雅莉絲同學進行特訓的時候，我好像就是這樣逼近至她的面前……

原來如此，倘若對手這麼靠近自己，有時是會讓人無法冷靜下來……

今後做任何事情都要切記適可而止。

我在心中如此暗自發誓。

「來，這是書記的交接事項，妳先把它看完吧。」

一本手冊遞至我的面前。

「就請妳以書記的身分好好加油。當初是妳力保吃到飽制度，所以我不許妳半途而廢，要不然將會違背所謂的美。」

我注視著莉庫裘緣學姊那張不苟言笑的臉龐，突然冒出以下感想。

按照她的說法，不就表示為了保住吃到飽制度，我必須為學生會做牛做馬是嗎？

看來就算我在對決中取勝，整件事也不會因此落幕……

女子學院的遠足

忽然有人把茶和馬卡龍輕輕地擺在我的桌上。

「妳的手似乎停下來囉，書記。」

莉庫裘緣學姊神情冷漠地站在我的面前。由於她的眼神天生就是如此冷酷，因此我得盡可能別放在心上，但終究還是會讓人冷靜不了。

「不好意思，我還不習慣處理這些公文……另外妳終究是學姊，不必像這樣幫我準備茶點。」

「因為我是副書記，名義上是輔佐書記才得以繼續留在學生會裡，所以我非得完成分內工作不可。」

學姊一臉冷淡地說著。

難不成這是十分巧妙的整人手法？

這裡是學生會室。

算得上是女子學院的核心。

Red Dragon Women's Academy

成員裡唯一的一年級學生就是我。儘管我當初是為了保住吃到飽制度才參選學生會的書記，不過這職務對我來說過於沉重，也害我感到無地自容……

「萊卡妳似乎很辛苦呢。讓我不禁想起自己剛當上會長的時候。」

學生會長的座位忽然傳來一股聲音。

她就是此房間的首領，更是統御整個女子學院的領袖，身為我姊姊的蕾拉。

「是嗎？記得您在一年級成為會長當時，就很有學生會長的風範喔。」

與姊姊同為五年級的西副會長．翔擊緹蜜雅奴學姊提出指正。

她綁了一條麻花辮，而且長到能垂在地板上。

「哎呀，因為我剛成為會長當時完全搞不清楚狀況，身邊又全是些可怕的學姊們，自然會覺得如坐針氈。直到現在都還會夢見那時的事情。」

「既然如此，我相信學姊們也會夢見以妳為主的惡夢，而且次數多過妳十倍。」

其他幹部在聽完緹蜜雅奴學姊的吐槽後，都忍不住輕笑出聲。

順帶一提，副學生會長一共有兩位，分別是西副會長和東副會長。東副會長是就讀四年級的茜光聖蒂學姊。想想學生會的成員也太多了吧……

這時，擔任總務的淒狼愛迪葛拉提著裝滿水果的竹籃走進來。

「各位，我老家送來上等的蘋果和葡萄，若是大家不嫌棄的話歡迎一起享用喔。」

周圍隨即傳來開心的歡呼聲。然後又出現「那得快去泡茶才行」、「既然如此，就來喝蘋果紅茶吧」諸如此類的提議。

在我繼續完成工作之際，緹蜜雅奴學姊突然一把取走我手中的公文。

「新書記學妹，不許用下午茶時間辦公。假如內心缺乏滋潤，將導致工作效率大打折扣喔。」

「啊、好的……那我就不客氣了……對了，就由一年級的我來幫學姊們泡茶——」

「泡茶就交給會計桐柱托金妮學妹吧，妳放寬心等著就好。」

「呵呵呵。」「嘻嘻嘻。」周圍接連傳來優雅的笑聲。

這種類似貴族聚會的氣氛真叫人不習慣！

我之所以會工作效率不佳，有一部分的理由是因為還很生疏，不過另一個理由是這裡的氣氛並不適合讓人辦公。

而且大家的一舉一動都十分優雅——

卻又不斷散發出令人頭皮發麻的殺氣！

比方說邀請我一起喝茶的緹蜜雅奴學姊，就是擅長將她那頭很長的麻花辮當成晨星鎚來擊倒敵人。

即使幾十人從四面八方同時攻擊她，總覺得三兩下就會被她撂倒。

因為她的戰鬥方式就像是用麻花辮翱翔於天際，所以才被人冠上翔擊的稱號。
至於幫大家泡茶的會計托金妮學姊，則是使用油桐樹製成的木劍來應戰，由於那把木劍巨大到得用雙手才能夠抱起來，因此被稱為桐柱托金妮。
在場每一位學姊都是戰鬥高手。
發抖發抖……
令我不禁感到一陣惡寒。這情況就跟精靈被關在充滿猛獸的籠子裡工作毫無分別。
不對，我應該往好的方面思考。
這裡可說是讓人獲得成長的最佳環境。
只要在此處接受磨練，我肯定也能成為一名出色的龍族。
如此心想的我，便開始享用端來的茶和水果。
就在下午茶時間宣告結束的瞬間——
「這是書記的下一份工作。」
莉庫裘緣學姊立刻送來其他公文。
「我目前的工作還沒做完耶……」
「偶爾也需要同時處理好幾份工作，習慣就好。」

看來也只能這樣了。那就先過目內容，確認能否之後再處理。

一開始看見時，覺得這份公文有點奇怪。

原因是字體的筆法較為柔軟，很像是刻意裝成小朋友的字跡。

裡頭寫了這麼一句話。

「遠足？」

「沒錯，遠足。妳身為新人的第一個企劃，就是順利完成為一年級學生舉辦的這趟遠足。那是以前的遠足企劃書。妳就拿來當作參考，設法完成這次的企劃案並提交給會長。」

「這類活動不該由教師們來決定嗎？」

「萊卡，本校的校風就是尊重學生的自主性。」坐在會長座位上的姊姊如此回答。

雖然這的確是個麻煩的差事，不過我已下定決心。

這個遠足企劃也形同是我的敵人。

倘若有敵人阻擋在前，我唯一該做的就是設法取勝，而非轉身逃避！

◇

能看見地面的人族被嚇得驚慌失措。

想想應該無所謂。反正已向人族的政府機關提交申請了。
包含我在內的紅龍女子學院一年級學生們，都化成原本的巨龍型態飛在天上。
目的地是位於低地的一處遼闊湖泊，其名為古樞湖。
該處位於人煙罕至的地點，而且那裡風景優美，又有著與紅龍領地內截然不同的生態環境，是個能給人帶來新鮮感的完美地點。
老實說……我一開始挑選的並不是這裡，而是我的企劃案不知被姊姊打了多少次回票，直到我挑選此處之後才終於得到批准……
由於姊姊一直以「這個地點無法取得人族政府機關的批准」、「那裡會跟矮人族的活動撞期」諸如此類的正當理由否決企劃案，因此應該不是故意刁難我……可是一想到自己的企劃案接連被姊姊駁回，心情就有點鬱悶。
但看見一年級學生們如此開心的模樣後，就很慶幸自己挑對地點了。
大家變成巨龍欣喜地翱翔於天際。不過別高興到從嘴裡噴火。
話說回來，明明古樞湖是個這麼出色的觀光地，居然除了我們以外空無一人。
但若是人滿為患的地點，我們就休想來此處遠足，因此出現這種情況也實屬正常。
在抵達古樞湖的湖邊後，我們便全都化為人形。

即便湖泊再遼闊，假如大家都維持巨龍型態仍稍嫌狹窄，重點是有可能會破壞環境。一旦做出有損學院形象的舉動，到時免不了被身為學生會長的姊姊臭罵一頓。

老師在確認我們平安抵達古柩湖之後，就先行返回學院。接下來由我負責領導其他學生。畢竟本校非常注重學生的自主性。嚴格說來，或許是因為由姊姊主導的學生會很有公信力吧。

接下來必須由我在眾人面前宣布注意事項。

儘管我不喜歡受人矚目……一想到這是份工作，我也只能默默承受。

「各位同學早安，我是學生會的書記萊卡，請大家注意這邊。」

「她就是學生會裡唯一的一年級幹部萊卡同學！」「她看起來真是英氣煥發呢。」「無論何時見到她都一樣那麼美。」「不必擔心我們這代沒有人才了。」現場接連傳出諸如此類的讚美……

「那個！請大家保持肅靜！今天的活動同樣是課程之一，各位同學務必遵守規定，請勿破壞樹木，或是不慎燒毀森林。」

雖然我出聲告誡，同學們仍在竊竊私語。反倒是每當我開口時，就彷彿火上澆油般令眾人討論得越來越熱絡……

嗯～～這下該如何是好？

出來遠足沒多久就對眾人大聲斥責，導致現場氣氛變尷尬也有些不妥……

就在這時，熙雅莉絲同學大步流星地走到我的身旁。

「各位同學，如果我們惹出問題的話，身為負責人的萊卡同學將會遭到訓斥。相信大家不願看見萊卡同學受委屈吧？所以等等嬉戲時請勿過度放縱，都聽懂了嗎？」

「只要是為了萊卡同學都沒問題。」「不能給萊卡同學增添困擾。」同學之間隨即又出現這類聲音。

大家還是一樣不斷交談，音量也沒有變小的趨勢，但至少有把我想表達的意思聽進去。

「尤其是噴火時務必要當心，縱火在此地的法律是屬於重罪。各位都有聽清楚嗎？」

只見同學們點頭如搗蒜。

熙雅莉絲同學瞄了我一眼。

然後壓低音量對我說：

「萊卡大姊，最後請您來宣布解散吧。」

「啊……原、原地解散！請各位在遠足結束時回到這裡集合！」

同學們三五成群地走往不同方向。我的第一項任務也就此結束。

我向熙雅莉絲同學鞠躬道謝。

「謝謝妳，熙雅莉絲同學，多虧妳才順利讓大家把注意事項聽進去。」
「身為跟班，理所當然要為大姊您盡一份力。」
熙雅莉絲同學顯得十分得意。
可是她很快就擺出一副媽媽在提醒女兒的模樣說：
「大姊您太不習慣指揮他人了。既然您已成為學生會的幹部之一，假如不懂得活用人才，最終將會忙不過來。這與您獨自進行意象訓練的情況截然不同。」
「唔……我能明白妳的意思，問題是我對使喚他人有所排斥……」
「就算這樣，大姊您如今也不能再負責瑣碎的雜務了。這是您所要面臨的試煉！就當作是為了讓自己獲得成長！」
「咦，妳是在訓斥我嗎……？」
「沒錯，大姊您的缺點就是不懂得如何依賴他人。直到畢業之前，我都會負責照顧您的！那我們快走吧。」
熙雅莉絲同學牽著我的手往前走。
「咦，是要去哪裡嗎？」
「想必您對於接下來的自由時間沒有任何安排吧？」
「那個…………妳說對了。」
我光是安排這趟遠足就已忙得焦頭爛額，再加上我根本不知道該如何利用自由時間。

「這部分就交給我吧。那邊可以租船，我們就先去遊湖吧！」

熙雅莉絲同學顯得十分神采奕奕。

看著她那隨著心情不斷變化的表情，當真很有女子學院學生的感覺——如此心想的我，就這麼被熙雅莉絲同學拖著向前走。

我和熙雅莉絲同學共乘一艘船，優雅地繞行湖泊十五趟。

乍聽之下或許會覺得速度太快，不過這對龍族而言算是剛剛好。

「真舒服呢，萊卡大姊。不同於飛在空中，像這樣輕鬆地享受風景也很不錯。」

「就是說啊。感謝上蒼讓今天是個好天氣。」

「能夠得到老天爺的眷顧，一定都是多虧大姊您平日表現優異。」

「意思是假如今天下雨的話，我就得負上全責囉。說來還真是萬幸呢。」

「唉唷！大姊您真是壞心眼，老是不肯坦率接受別人的讚美！」

熙雅莉絲同學假裝生氣地鼓起雙頰，隨後便嫣然一笑。

我不禁覺得這真是一段充實的時光。

我們划動小船，伴隨激起的浪花在湖面上高速行進，不過周圍的景色就只是緩緩改變。能看見群聚於湖畔的水鳥們，不停發出歡快的鳴叫。

「大姊，等划完船後，我們就去租釣竿釣魚吧。」

「我不敢把蚯蚓刺在釣鉤上……其實我從以前就滿排斥那類扭來扭去的東西……」

「這點小事就交給我吧。相信您習慣以後，就不會感到排斥了。蚯蚓就只是一種弱小又無力的生物，沒什麼好怕的。即使是如同大樹般的巨型蠕蟲，我們龍族也能輕鬆打贏呀。」

「妳誤會了，我並非因為打不贏才感到排斥喔？」

我們回到租船處後，又向店家租用釣具。這間店似乎一手包辦此處所有的觀光事業。

雖說這是我畢生第一次體驗釣魚，卻成功釣起一條身上散發虹光的鱒魚。

「啊、釣到了！這條魚還算挺大的吧？」

「以尺寸來說只算是入門級，還是恭喜大姊您釣到魚了！」

「話說……該怎麼把魚拿下來呢……？」

看著被拖到岸上不斷跳動的那條魚，我完全不想伸手去抓。

「大姊您連魚也不敢碰嗎？」

熙雅莉絲同學大感傻眼地將雙手扠在腰上。

「是的，因為魚的表面同樣十分光滑……那副滑溜的樣子看起來好像很難抓……」

「這是哪門子的歪理，您就老實承認自己是基於生理上的排斥嘛。」

熙雅莉絲同學露出苦笑，俐落地從鉤子上取下鱒魚。

「沒想到大姊您有那麼多辦不到的事情耶。」

「畢竟我不曾炫耀過自己是無所不能。」

想想小時候也經常被姊姊取笑這件事。姊姊自小就比我外向好動。儘管這麼比喻不太好聽，但她經常像一條魚那樣滑溜地鑽進人群之中，很快就和大家打成一片。

「說得也是。老實說這讓我覺得挺開心的，感覺大姊您沒有離我遠去。」

熙雅莉絲同學說出這段令我感到匪夷所思的感想。

「妳怎會說出這種話？我們每天都在學校裡見面不是嗎？」

「畢竟您可是學生會幹部，總會讓人覺得與眾不同呀。」

熙雅莉絲同學露出落寞的笑容。

我並沒有想變得與眾不同——我是想這麼說，卻又認為她會產生這種想法也是莫可奈何。

而且看清楚熙雅莉絲同學的表情後，莫名有種做錯事的感覺——

「我、我……永遠都是妳的大姊！」

於是我如此宣言。

「……嗯，我永遠都不會忘記這句話的。」

熙雅莉絲同學雙頰泛紅地點了個頭。

既然能助她一掃心中的陰霾，其餘瑣事也就沒什麼好糾結了。

釣完魚之後，很快就來到午餐時間。

我與熙雅莉絲同學在湖畔的草地上享用午餐。

租船店老闆幫我們烤好的鱒魚也裝在盤子裡。

「我這次帶了五層式的餐盒。」

「咦？五層？這點分量夠妳吃嗎？難不成妳在減重？」

我是使用媽媽保存下來的七層式舊餐盒。縱然這個竹子材質的餐盒曾被修補過，卻還是非常耐用。

「因為今天都會待在大姊您的身邊，這樣的分量應該相當充足。我相信到時有機會撿剩下的。」

「撿剩下的？」

不久後，我便明白熙雅莉絲同學想表達的意思。

「萊卡同學，請嘗嘗我的煎蛋卷。」「我今天有多帶些鑫鑫腸喔。」

只見同學們接連把自己帶來的餐點分給我吃。

「那個，我很感謝大家的心意……但是這樣單方面受惠會令我過意不去，請各位別客氣，也從我的餐盒裡挑點東西去吃……」

「萊卡同學真是太客氣了。」「這道菜是我親手做的喔。」

大家都沒有接受我的提議，於是我的餐盒很快就被各種配菜給填滿了。

不只是同班同學，就連其他班級的學生也加入分送配菜的行列裡。

正當我不知該如何是好之際，待在我身旁的熙雅莉絲同學一臉事不關己地輕笑出聲。

「萊卡大姊，您簡直像是來徵收保護費的貪官呢。」

「這樣的比喻也太難聽了吧。」

「不過她們都是基於仰慕大姊您才這麼做的，如果拒收才失禮喔。」

能看出每位同學都喜形於色地把配菜放入我的餐盒裡。

「所有人都將大姊您的努力看在眼裡，就像今日的遠足也是您一手包辦對吧？」

「明明我並沒有對外透露這趟遠足是我負責規劃，結果還是瞞不過任何人。」

「大家都想慰勞大姊您，因此您就坦率接受大家的好意吧。」

既然是被人感謝，我就欣然接受吧。

「我明白了。大家也別餓著肚子，稍微分我一點就好。」

排隊的同學們紛紛發出開心的尖叫聲。

『將配菜分送給我大會』就這麼持續了一段時間。

「學生會的幹部們都給人一種難以親近的感覺，不過萊卡同學您就顯得特別親切。」最後一位同學對我這麼說。

既然同學年的同學們對我不會有疏遠感，而且還覺得我是個好相處的人，表示我付出的努力都沒有白費。

我從這位同學的餐盒裡收下一塊紅燒肉。

大排長龍的隊伍終於散去，已不見任何人還等在一旁。

「大姊，吃完飯後想做什麼嗎？看天氣這麼好，也可以睡午覺喔。」

「這主意是很不錯，問題是倘若我睡過頭，沒能遵守集合時間，就等於是怠忽職守。」

「那您可以枕在我的大腿上午睡。只要我醒著的話，您就可以放心了。」

「枕在大腿上啊。想想姊姊以前也讓我枕在她的大腿上休息。」

「居然枕在大名鼎鼎的會長腿上休息，大姊您真是擁有這世上最極致的權力呢。」

「妳別調侃我了。真要說來，是姊姊逼我躺在她的腿上——」

就在此時——

晴朗的天空忽然烏雲密布。

是變天了嗎？不對，當我們飛來這裡的時候，並沒有發現附近存在著如此大片的烏雲。

天上那群是洛克鳥嗎？

不對，那是龍。

而且是一群有著藍白膚色的龍……

那不是藍龍嗎!?這下糟了！

藍龍是紅龍的天敵，長年以來曾多次襲擊我們。

那群藍龍在附近降落後，化成人形向我們走來。

帶頭的藍龍是個熟面孔。

就是負責率領藍龍的芙拉托緹。

她可說是姊姊的勁敵，我親眼目睹過好幾次兩人的爭鬥。

換言之，她是能夠與姊姊一較高下的對手，光憑我實在贏不了她……

「還想說怎麼會有一群紅龍出現在藍龍的勢力範圍內，結果全是些看起來很弱的傢伙。要是太不堪一擊的話會很無聊耶。」

原來如此……這裡是藍龍經常出沒的地點。

怪不得此處這麼冷清。
許多紅龍都害怕地不停顫抖。
「芙拉托緹大姊頭，打贏這群傢伙也沒啥好炫耀的，我們乾脆回去算了？」「光是看見我們出現就快被嚇哭了。」「真叫人掃興。」
雖說這樣有些窩囊，但我真心希望她們可以直接離去。
如此一來，只要稍微忍氣吞聲便能息事寧人。
偏偏事情沒那麼順利。
芙拉托緹此時注意到我了。
「咦，妳是蕾拉的妹妹吧。瞧妳那套制服是蕾拉就讀的學校吧。意思是只要逮住這幫傢伙，蕾拉或許會趕來這裡。到時就可以來場大戰了！」
「原來如此！」「不愧是芙拉托緹大姊頭，真是太聰明了！」「這確實是個好方法！」
糟糕！再這樣下去會害其他人也捲入危險！
「請等一下！」
我走到芙拉托緹的面前。
「若是想將蕾拉引來這裡，妳只需與身為她妹妹的我一決高下，到時再把我擄走即可。請不要對其他同學動手。我們紅龍都十分重視榮耀，無論面對何人的挑戰都願意接受，但是不齒那些野蠻的打架。麻煩妳別把其他同學捲入戰鬥裡！」

我將一隻手貼在胸口上如此放話。

就算我只是剛加入學生會的新人，也非得保護同學們不可！

我直視著芙拉托緹的眼睛，與她談判。

「…………」

她之所以保持沉默，想必是在思考要不要接受我的提議。

「…………妳想表達啥啊？複雜到讓人聽不懂。難道打架不是打架嗎？」

結果竟是對牛彈琴！

「因為有理由動手才動手，事情就是這麼簡單。妳們也開戰吧！」

藍龍們發出咆哮的同時，本校同學們也嚇得驚聲尖叫。

芙拉托緹則是看著我，害我無法輕舉妄動。

「人家一眼就看出來了，妳是這裡面最厲害的。」

「妳看我是姊姊的妹妹才這麼認為嗎？」

此人一直以來總愛糾纏姊姊。

所以只把我當成姊姊的妹妹而已。

儘管很令人火大，但以實力來說也是莫可奈何。

「沒那回事，純粹是基於直覺。」

「只是憑直覺嗎!?」

「本小姐芙拉托緹的直覺可是很準喔。比方說遇到岔路時，要是不知道該往左還是往右走的話，人家就會憑直覺來猜，而且有五成的機率會猜中喔。」

「這樣的機率算是很正常吧……」

「那點小事都不重要！就讓妳瞧瞧什麼才叫做打架中的打架！」

芙拉托緹向我襲來。

正因為她堅稱這是打架，動作顯得破綻百出，簡直就跟喝醉的流氓毫無分別。

偏偏在我發動攻擊時，她竟以更快的速度使出一記側踢。

就算她的動作充滿破綻，身手卻相當敏捷。

我以膝擊擋下側踢。

本想說這樣就能夠擋住攻擊。

不過——

我突然腳步不穩。

芙拉托緹居然用尾巴纏住我的另一隻腳！

對了！藍龍不同於紅龍，是在化成人形時也會保留尾巴的種族……

我在應戰時也得提防這點才行！
見我失去平衡的芙拉托緹，打算以拳頭追擊嗎？
我的雙手都還能動，別以為我會坐以待斃。
——下一秒，芙拉托緹居然張開嘴巴。
只見如凜冬般的冰雪打在我身上！
她在極近距離下施展冰凍龍息！對於棲息在寒帶地區的藍龍來說，這是他們的拿手絕活！
唔……身體被凍得難以行動！
「喂，怎麼啦怎麼啦？不反擊的話就不有趣囉！」
芙拉托緹一連對我踢出好幾腳。
得設法拉開距離……想想我從一開始就已落於下風。
「哼，你們紅龍總愛在打架上找一大堆多餘的藉口。根本是接收太多人族那些沒用的文明才變軟弱吧？打架就是打架，在打架裡加入多餘的要素才導致直覺變遲鈍。證據就是妳沒能躲開我的尾巴以及冰凍龍息。」
「唔……明明妳的動作滿是破綻，都怪我大意了。」
「那才不是破綻，純粹是本小姐認為那樣攻擊才最為正確，最終成功提升自己在藍龍裡的地位。」

這番話莫名有說服力。
假如她身經百戰到深信自己所走的路就是最佳途徑——
即便是打架，這依舊屬於一種出色的流派！
她就是靠著從中磨練出來的戰鬥直覺來擊潰對手！
既然她擁有屬於自己的招式架勢，這就是一場對決。

這不是單純的打架，而是又稱為打架的武術對決！

那我就接受挑戰，藉由取勝來獲得成長。
「喔，瞧妳的眼神似乎變了。簡直就跟以前的蕾拉一模一樣。」
「倘若妳老是想著姊姊的事情，將會被多餘的雜念拖累喔。」
芙拉托緹聽我說完後，不知為何忽然笑了。
「安啦，本小姐只會全神貫注在眼前的敵人身上，不會在戰鬥時思考下個對手的事情。」
「既然如此，妳若是打輸我就只能乖乖認輸囉！」
接下來換我主動進攻。
這場戰鬥從現在才開始！

假如對手的流派是街頭打架——

我就將自己至今鍛鍊出來的戰鬥技巧發揮到淋漓盡致！

目前的戰況算是勢均力敵。

我成功擊中芙拉托緹好幾次。因為她的防守都很草率，防禦面算不上是固若金湯。

情況卻不能說是勢均力敵……其實是我落於下風。芙拉托緹完全著重於進攻，即使承受攻擊也毫不在意。

而且那條尾巴真的很礙事。

原因是紅龍在化為人形時沒有尾巴。縱使形式上近似於單挑，可是一旦我接近芙拉托緹，那條尾巴便會宛如四肢般發動攻擊，感覺就像是她多了一條手臂。

如果演變成持久戰，我會先被她耗光體力的……

「妳剛才說人家有太多雜念對吧。」

芙拉托緹語帶嘲諷地說著。

「人家把這句話如數奉還給妳。」

「此話怎說？」

「妳滿腦子都在擔心其他紅龍，就是因為這樣才導致動作變遲鈍！」

居然被她看穿了。

沒錯，在這種不斷聽見其他同學發出慘叫的環境之下，我哪有辦法心無旁騖地應戰。

再加上我是眾人之中唯一的學生會幹部，有責任去保護大家……

「哼，真不懂妳到底在想啥，居然去背負那些反而會導致自己變弱的多餘事物。」

又被她數落了。

「比起妳這種有太多牽掛的傢伙，還是自由自在的本小姐比較厲害！」

芙拉托緹持續進攻。她這次會施展冰凍龍息？還是揮拳？

居然是揮拳的同時用尾巴攻擊！

「是同時攻擊！本小姐的作風就是去做所有想做的事！」

我被殺得措手不及，就這麼被她切入懷中。

芙拉托緹的冰凍龍息直接轟在我身上。

她以截至目前最近的距離對我吹出強勁冰雪！

四肢迅速失去知覺。完了……如果我的身體在這個時候不聽使喚，就會立刻落敗……

「萊卡大姊，您太小看我們了！」

這聲吶喊傳進我的耳裡。

是熙雅莉絲同學的聲音。

就算正在與人戰鬥，她依然看著我的方向說：

「我們都是女子學院的學生，更是重視榮耀的紅龍！絕對會設法跨越這點程度的難關！所以大姊您儘管全力應戰，並且取得勝利！」

「沒錯！」「我們不會認輸的！」「紅龍絕不會輕言放棄！」

周圍接連傳來打氣聲。

啊～對不起。

是我擅自把妳們當成拖油瓶。

各位都是我引以為傲的同學們。

若是我沒能解決自己的問題，哪有辦法背負其他人往前走。

我必須集中精神在眼前的敵人身上。

「萊卡大姊，我們也一定會戰勝敵人！請您不必擔心！真要說來是擔心我們反而才失禮。我會讓對手嘗嘗全身肌肉痠痛的滋味！」

多虧熙雅莉絲同學，我終於冷靜下來了。

「既然大家都這麼挺我，我說什麼都不能輸。」

我承受著冰凍龍息——就這麼往源頭衝去！

「咦！」

芙拉托緹發出驚呼，就此止住冰凍龍息。

她肯定萬萬沒料到我會朝她衝過去。

我同樣選擇相信自己的直覺。

選出最適合打倒妳的進攻方式！

那就是手段再荒唐也對自己堅信不移！

我在極近距離下噴出火焰。

以牙還牙！以眼還眼！

「可惡！好燙！燙死人啦！」

我以如此單純的突發奇想迫使芙拉托緹露出破綻。

接著我進一步揮拳攻擊。

就算會遭到尾巴反擊——我也毫不在意地繼續揮拳！

既然是打架，就算承受些許傷害也無所謂。

只要能對敵人造成更多的傷害就好！

扛下的攻擊是有點痛，我依舊認為這個方法的確有效。

現場局勢產生變化。

情況似乎對我方有利。

畢竟這是多人亂鬥，各式各樣的思緒交錯在一起。
倘若我們紅龍認為是己方取得優勢，所有藍龍則覺得她們遭到壓制——就能確實扭轉戰局！
我也決定隨心所欲地放手一搏。
在噴發火焰之際，順便一腳踢向敵人。
當視野受火焰干擾時，這麼做是效果不彰，唯獨紅龍孩童在打架時才會採取如此手段。
可是沒料到這點的芙拉托緹，未能擋下我的攻勢！
「可惡！雖然打法亂七八糟，但還挺棘手的！」
芙拉托緹被我逼得滿腔苦水。
接下來就是持續進攻，不斷進攻，義無反顧地發動攻勢！
「看本小姐把妳凍成冰棒！」
我發現芙拉托緹準備噴出冰凍龍息。
於是我卯足全力往地面一踢。
將泥土踢進芙拉托緹的嘴裡。
「噗！噗！妳做什麼啦！」
「因為打架沒有規則啊！」

我趁著芙拉托緹失去鬥志之際撲了上去。

先是用左手抓住她的手腕，然後以右手揮拳攻擊。

這就是專屬於我的打架方式！

「可惡！暫停！快住手！」

「我豈能說停就停！」

大家似乎都注意到我把敵方首領逼入絕境了。

「我們會贏的！」「說什麼都不能打輸！」「需要支援的話記得喊一聲！」

我們紅龍確實逐漸取得優勢！能聽見大家都很賣力在對抗敵人。

不久之後，依稀聽見藍龍之中有人提議趕緊撤退。

在情況允許之下，大家都採取二打一或三打二的方式與敵人交手。畢竟這是打群架，沒必要堅持跟對手單挑。

「可惡！這種戰鬥真沒趣！咱們撤！」

藍龍們紛紛化成龍形，由芙拉托緹帶頭迅速離去。

最終是由我們紅龍取得勝利。

「幸好最後是安然落幕……」

我坐在草地上呼出一口氣。

因為噴太多次火，口腔內部有點燙。

同學們逐漸走了過來。

畢竟剛經歷完一場惡鬥，大家的制服都有些弄髒或破損。

身為女子學院的一名學生，這樣肯定會被罵說不知檢點。

不過，所有人的臉上都寫滿了驕傲。

熙雅莉絲同學從人群中走出來。

「萊卡大姊，相信經此一事之後，您應該非～常清楚我們都很厲害吧？」

「是的，今後還請大家可以助我一臂之力。」

「可是我們之所以能獲勝，全都多虧大姊您喔。」

「啊……」熙雅莉絲同學握住我的手，一把將我從地上拉起來。

「就讓我們以拋接來慶祝這次的勝利吧！」

一年級同學們紛紛把我圍在其中。

「咦？我沒聽說過有這種事喔……？」

「您沒聽說很正常，因為我沒說呀！」

「萊卡同學萬歲！」「萊卡同學最棒了！」「萊卡同學是我們一年級中的明日之星！」

大家不知為何開始拋接我開心地慶祝。由於是龍族的拋接，因此我不斷被拋到與附近最大的一棵樹差不多的高度。

想想自己許久沒有以人形姿態飛升到這麼高的地方。

內心莫名有種豁然開朗的感覺。

「嗯，看來今天一整天都會是好天氣。」

當我被拋至最高處時，我不禁如此喃喃自語。

完

後記

大家好久不見！我是森田季節！

這本是第十二集，剛好組成一打呢。森田的房間已逐漸被本系列作占領了。

對於一直以來支持本作（實體書而非電子書）的讀者們，相信房間裡也被這部系列作占了不少空間吧。非常感謝大家為了敝人撥出一部分的空間收納本作。

那麼，這次也有許多事情想和大家分享。

關於第一件事情，就是由本作改編的電視動畫正在製作中！

雖然敝人在上一集就已經公布過本作要改編成電視動畫的消息，因此算是哪來的廢話，不過製作上已有諸多進展！儘管進度以及具體細節不便在此透露，只能以相當抽象的方式來解釋，總之有添加不少唯獨動畫才適合的題材。

聽起來真的是很抽象耶……相信日後一定有機會告訴大家，懇請各位稍待片刻！

簡單說來就是動畫版有加入許多新創意！

本集同時有販售附加第四張劇情ＣＤ的特別版。
在這張劇情ＣＤ裡將會首度公開——
飾演羅莎莉的杉山里穗小姐……
以及飾演芙拉托緹的和氣あず未小姐……
——上述兩位配音員的聲音！
當然動畫開播時就可以聽見兩人的聲音，但假如有人已經等不及且購買普通版的話，歡迎大家購買第五張劇情ＣＤ。
換言之，沒錯，已經確定會製作第五張劇情ＣＤ了！
第五張劇情ＣＤ預計與二〇二〇年十月發售的第十四集特別版同捆販售！
魔王佩克菈將會在第五張劇情ＣＤ裡登場！內容是關於魔王佩克菈又在打什麼歪主意喔！
話說回來，相信心思敏銳的讀者們已經察覺到這段內容暗藏的伏筆了。
沒錯，就是目前尚未公布飾演佩克菈的配音員。
到底會是誰呢!?有興趣的人請記得購買下次推出的第五張劇情ＣＤ！
接下來是關於本作的漫畫版。
由シバユウスケ老師繪製的漫畫版目前已發行至第六集！

而村上メイシ老師繪製的外傳漫畫《當了一千五百年的公務員，被魔王提拔為大臣（暫譯）》也推出至第二集！每次提到都會覺得這標題好冗長！懇請大家多多支持！

另外，這裡還有一個驚天大消息——

就是有另一部外傳確定要改編成漫畫了！

《紅龍女子學院》也決定推出漫畫版！噠啦～！

負責作畫的是羊箱老師！預計二〇二〇年春季至初夏這段期間就會開始連載！狩獵史萊姆的世界將就此變得更加遼闊！若是各位讀者不嫌棄的話，還請大家多多捧場！

再來就是敝人非常高興的消息。

本系列作的第十集順利再版了！

這是敝人畢生頭一次有推出至兩位數的作品成功再版，真的是非常感謝大家踴躍的支持。實體書是會先預估銷售量，在不考慮再版即可達到供需平衡的前提下進行印製。由於第一集跟第二集的銷售量比較容易超出預期，因此經常會需要再版。

不過隨著集數的增加，將更能預測出願意購買實體書的讀者人數。畢竟「我決定從第七集開始購買！」的讀者是少之又少。基於上述理由，再版的機會將隨著集數增加越來越罕見。

換言之，第十集能成功再版是一件非常不得了的大事，當真很令人開心！說明之所以會這麼冗長，全因為敝人實在是喜出望外！

最後是謝辭。

紅緒老師，十分感謝您這次也提供如此出色的封面插畫！明明本作的內容是輕鬆取向，單看封面卻宛如哪來的感人巨作，令敝人越來越擔心會不會遭嫌棄是哪來的封面詐欺，但假如世界觀變得不再是輕鬆取向，想想也是個大問題，因此敝人認為還是維持這樣就好。另外這集出現多名新角色，不好意思勞煩您費心了……也請您多多指教！

當然同樣非常感謝所有的讀者們！本作能一路推出至第十二集，無論敝人如何道謝也表達不完心中的感激。隨著改編成漫畫的作品不斷增加，能讓大家接觸本作的機會也越來越多，敝人希望在原作裡也持續新增類似作品中幽靈船那種更為豐富的全新場景。

那就第十三集再見囉！

森田季節

浮文字
持續狩獵史萊姆三百年，不知不覺就練到LV MAX 12
（原名：スライム倒して300年、知らないうちにレベルMAXになってました12）

著者／森田季節
繪者／紅緒
譯者／御門幻流
執行長／陳君平
美術總監／沙雲佩
國際版權／黃令歡、梁名儀
榮譽發行人／黃鎮隆
美術編輯／陳聖義
文字校對／施亞蒨
協理／洪琇菁
主編／劉銘廷
內文排版／謝青秀
總編輯／呂尚燁
企劃宣傳／楊玉如、施語宸、洪國瑋

出版／城邦文化事業股份有限公司 尖端出版
台北市中山區民生東路二段一四一號十樓
電話：（〇二）二五〇〇—七六〇〇
傳真：（〇二）二五〇〇—二六八三
E-mail: 7novels@mail2.spp.com.tw

發行／英屬蓋曼群島商家庭傳媒股份有限公司城邦分公司 尖端出版
台北市中山區民生東路二段一四一號十樓
電話：（〇二）二五〇〇—七六〇〇（代表號）
傳真：（〇二）二五〇〇—一九七九

中彰投以北經銷／楨彥有限公司（含宜花東）
電話：（〇二）八九一九—三三六九
傳真：（〇二）八九一四—五五二四

雲嘉以南／智豐圖書有限公司
（嘉義公司）電話：（〇五）二三三—三八五二
傳真：（〇五）二三三—三八六三
（高雄公司）電話：（〇七）三七三—〇〇七九
傳真：（〇七）三七三—〇〇八七

香港經銷／一代匯集
香港九龍旺角塘尾道六十四號龍駒企業大廈十樓B&D室
電話：（八五二）二七八三—八一〇二
傳真：（八五二）二七八二—一五二九

新馬經銷／城邦（馬新）出版集團 Cite（M）Sdn. Bhd.
E-mail: cite@cite.com.my

法律顧問／王子文律師 元禾法律事務所
台北市羅斯福路三段三十七號十五樓

二〇二二年五月一版一刷

■中文版■

郵購注意事項：
1.填妥劃撥單資料：帳號：50003021戶名：英屬蓋曼群島商家庭傳媒(股)公司城邦分公司。2.通信欄內註明訂購書名與冊數。3.劃撥金額低於500元，請加附掛號郵資50元。如劃撥日起 10～14日，仍未收到書時，請洽劃撥組。劃撥專線TEL：(03)312-4212 ・ FAX：(03)322-4621。E-mail：marketing@spp.com.tw

國家圖書館出版品預行編目資料

持續狩獵史萊姆三百年，不知不覺就練到 LV MAX / 森田季節著；御門幻流譯. -- 1 版. -- [臺北市]：城邦文化事業股份有限公司尖端出版：英屬蓋曼群島商家庭傳媒股份有限公司城邦分公司發行，2022.05-
冊；　公分
譯自：**スライム倒して 300 年、知らないうちにレベル MAX になってました**
ISBN 978-626-316-834-3 （第 12 冊：平裝）

861.57　　111004547